READ 集美绘

美绘经典系列

边城

沈从文 著
杜斌 绘

到了冬天，那个圮坍了的白塔，又重新修好了，那个在月下唱歌，使翠翠在睡梦里为歌声把灵魂轻轻浮起的年青人，还不曾回到茶峒来。

吉林美术出版社|全国百佳图书出版单位

选读坊

CINTENTS

我走过无数的桥，看过无数的云，喝过无数种类的酒，却只爱过一个正当最好年纪的人，我应当为自己感到庆幸。——沈从文

内容简介

《边城》构筑了一个充满真、善、美，同时又略带感伤的世界。它以20世纪30年代川湘交界的边城小镇茶峒为背景，以兼具抒情诗和小品文的优美笔触，描绘了湘西地区特有的风土人情。借船家少女翠翠的爱情悲剧，凸显出了人性的善良美好与心灵的澄澈纯净。整部作品在现实主义中融入了浪漫主义的艺术手法，是沈从文表现人性美最为突出的一部作品，也是中国文学史上一部优秀的抒发乡土情怀的中篇小说。

边城

沈从文

一

由四川过湖南去，靠东有一条官路。这官路将近湘西边境到了一个地方名为“茶峒”的小山城时，有一小溪，溪边有座白色小塔，塔下住了一户单独的人家。这人家只一个老人，一个女孩子，一只黄狗。

小溪流下去，绕山岨流，约三里便汇入茶峒的大河。人若过溪越小山走去，则只一里路就到了茶峒城边。溪流如弓背，山路如弓弦，故远近有了小小差异。小溪宽约二十丈，河床为大片石头作成。静静的水即或深到一篙不能落底，却依然清澈透明，河中游鱼来去皆可以计数。小溪既为川湘来往孔道，水常有涨落，限于财力不能搭桥，就安排了一只方头渡船。这渡船一次连人带马，约可以载二十位，人数多时则反复来去。渡船头竖了一枝小小竹竿，挂着一个可以活动的铁环，溪岸两端水面牵了一段废缆，有人过渡时，把铁环挂在废缆上，船上人则引手攀缘那横缆，慢慢的牵船过对岸去。船将拢岸了，管理这渡船的，一面口中嚷着“慢点慢点”，自己霍的跃上了岸，拉着铁环，于是人货牛马全上了岸，翻过小山不见了。渡头为公家所有，故过渡人不必出钱。有人心中不安，抓了一把钱掷到船板上时， 管渡船的必为一一拾起， 仍然塞到那人手心里去，俨然吵嘴时的认真神气：“我有了口粮，三斗米，七百钱，够了！谁要这个？！”

但不成，不管如何还是有人把钱的。管船人也为了心安起见，便把这些钱托人到茶峒去买茶叶和草烟，将茶峒出产的上等草烟，挂在自己腰带边，过渡的谁需要这东西皆慷慨奉赠。估计那远路人对于身边草烟引起了相当的注意时，便把一小束草烟扎到那人包袱上去，一面说，“不吸这个吗，这好的，这妙的，送人也很合适！”茶叶则在六月里放进大缸里去，用开水泡好，给过路人解渴。

管理这渡船的，就是住在塔下的那个老人。活了七十年，从二十岁起便守在这小溪边，五十年来不知把船来去渡了若干人。年纪虽那么老了，本来应当休息了，但天不许他休息，他仿佛便不能够同这一份生活离开。他从不思索自己的职务对于本人的意义，只是静静的很忠实的在那里活下去。代替了天，使他在日头升起时，感到生活的力量，当日头落下时，又不至于思量与日头同时死去的，是那个伴在他身旁的女孩子。他唯一的朋友为一只渡船与一只黄狗，唯一的亲人便只有那个女孩子。

女孩子的母亲，老船夫的独生女，十五年前同一个茶峒军人，很秘密的背着那忠厚爸爸发生了暧昧关系。有了小孩子后，这屯戍军士便想约了她一同向下游逃去。但从逃走的行为上看来，一个违悖了军人的责任，一个却必得离开孤独的父亲。经过一番考虑后，军人见她无远走勇气，自己也不便毁去作军人的名誉，就心想：一同去生既无法聚首，一同去死当无人可以阻拦，首先服了毒。事情业已为作渡船夫的父亲知道，父亲却不加上一个有分量的字眼儿，只作为并不听到过这事情一样，仍然把日子很平静的过下去。女儿一面怀了羞惭，一面却怀了怜悯，仍守在父亲身边，待到腹中小孩生下后，却到溪边吃了许多冷水死去了。在一种奇迹中这遗孤居然已长大成人，一转眼间便十三岁了。为了住处两山多篁竹，翠色逼人而来，老船夫随便为这可怜的孤雏，拾取了一个近身的名字，叫作“翠翠”。

翠翠在风日里长养着，故把皮肤变得黑黑的，触目为青山绿水，故眸子清明如水晶。自然既长养她且教育她，故天真活泼，处处俨然如一只小兽物。人又那么乖，如山头黄麂一样，从不想到残忍事情，从不发愁，从不动气。平时在渡船上遇陌生人对她有所注意时，便把光光的眼睛瞅着那陌生人，作成随时皆可举步逃入深山的神气，但明白了人无机心后，就又从从容容地在水边玩耍了。

老船夫不论晴雨，皆守在船头。有人过渡时，便略弯着腰，两手缘引了竹缆，把船横渡过小溪。有时疲倦了，躺在临溪大石上睡着了，人在隔岸招手喊过渡，翠翠不让祖父起身，就跳

下船去，很敏捷的替祖父把路人渡过溪，一切皆溜刷在行，从不误事。有时又与祖父黄狗一同在船上，过渡时与祖父一同动手，船将近岸边，祖父正向客人招呼："慢点，慢点"时，那只黄狗便口衔绳子，最先一跃而上，且俨然懂得如何方为尽职似的，把船绳紧衔着拖船拢岸。

风日清和的天气，无人过渡，镇日长闲，祖父同翠翠便坐在门前大岩石上晒太阳，或把一段木头从高处向水中抛去，嗾身边黄狗自岩石高处跃下，把木头衔回来。或翠翠与黄狗皆张着耳朵，听祖父说些城中多年以前的战争故事。或祖父同翠翠两人，各把小竹作成的竖笛，逗在嘴边吹着迎亲送女的曲子。过渡人来了，老船夫放下了竹管，独自跟到船边去，横溪渡人，在岩上的一个，见船开动时，于是锐声喊着：

"爷爷，爷爷，你听我吹——你唱！"

爷爷到溪中央便很快乐的唱起来，哑哑的声音同竹管声，振荡在寂静空气里，溪中仿佛也热闹了一些。（实则歌声的来复，反而使一切更寂静一些了。）

有时过渡的是从川东过茶峒的小牛，是羊群，是新娘子的花轿，翠翠必争着作渡船夫，站在船头，懒懒的攀引缆索，让船缓缓的过去，牛羊花轿上岸后，翠翠必跟着走，站到小山头，目送这些东西走去很远了，方回转船上，把船牵靠近家的岸边。且独自低低的学小羊叫着，学母牛叫着，或采一把野花缚在头上，独自装扮新娘子。

茶峒山城只隔渡头一里路，买油买盐时，逢年过节祖父得喝一杯酒时，祖父不上城，黄狗就伴同翠翠入城里去备办东西。到了买杂货的铺子里，有大把的粉条，大缸的白糖，有炮仗，有红蜡烛，莫不给翠翠一种很深的印象，回到祖父身边，总把这些东西说个半天。那里河边还有许多船，比起渡船来全大得多，有趣味得多，翠翠也不容易忘记。

二

茶峒地方凭水依山筑城，近山的一面，城墙如一条长蛇，缘山爬去。临水一面则在城外河边留出余地设码头，湾泊小小篷船，船下行时运桐油、青盐，染色的五棓子。上行则运棉花、棉纱以及布匹杂货同海味。贯串各个码头有一条河街，人家房子多一半着陆，一半在水，因为余地有限，那些房子莫不设吊脚楼。河中涨了春水，到水进街后，河街上人家，便各用长长的梯子，一端搭在屋檐口，一端搭在城墙上，人人皆骂着嚷着，带了包袱，铺盖，米缸，从梯子上进城里去，水退时，方又从城门口出城。水若特别猛一些，沿河吊脚楼，必有一处两处为大水冲去，大家皆在城上头呆望，受损失的也同样呆望着，对于所受的损失仿佛无话可说，与在自然安排下，眼见其他无可挽救的不幸来时相似。涨水时在城上还可望着骤然展宽的河面，流水浩浩荡荡，随同山水从上流浮沉而来的有房子、牛、羊、大树。于是在水势较缓处，税关趸船前面，便常常有人驾了小舢板，一见河心浮沉而来的是一匹牲畜，一段小木，或一只空船；船上有一个妇人或一个小孩哭喊的声音，便急急的把船桨去，在下游一些迎着了那个目的物，把它用长绳系定，再向岸边桨去。这些勇敢的人，也爱利，也仗义，同一般当地人相似。不拘救人救物，却同样在一种愉快冒险行为中，做得十分敏捷勇敢，使人见及不能不为之喝彩。

那条河水便是历史上知名的酉水，新名字叫作白河。白河到辰州与沅水汇流后，便略显浑浊，有出山泉水的意思。若溯流而上，则三丈五丈的深潭皆清澈见底。深潭中为白日所映照，河底小小白石子，有花纹的玛瑙石子，皆看得明明白白。水中游鱼来去，皆如浮在空气里。两岸多高山，山中多可以造纸的细竹，长年作深翠颜色，逼人眼目。近水人家多在桃杏花里，春天时只需注意，凡有桃花处必有人家，凡有人家处必可沽酒。夏天则晒晾在日光下耀目的紫花布衣裤，可以作为人家所在的旗帜。秋冬来时，房屋在悬崖上的，滨水的，无不朗然入目。黄泥的墙，乌黑的瓦，位置则永远那么妥贴，且与四围环境极其调和，使人迎面得到的印象，非常愉快。一个对于诗歌图画稍有兴味的旅客，在这小河中，蜷伏于一只小船上，作三十天的旅行，必不至于感到厌烦，正因为处处有奇迹，自然的大胆处与精巧处，无一处不使人神往倾心。

白河的源流，从四川边境而来，故凡从白河上行的小船，春水发时可以直达川属的秀山。但属于湖南境界的，则茶峒为最后一个水码头。这条河水的河面，在茶峒时虽宽约半里，当秋冬之际水落时，河床流水处还不到二十丈，其余皆一滩青石，小船到此后，既无从上行，故凡川东的进出口货物，皆由这地方落水起岸。出口货物俱由脚夫用杉木扁担压在肩膊上挑抬而来，入口货物也莫不从这地方成束成担的用人力搬去。

这地方城中只驻扎一营由昔年绿营屯丁改编而成的戍兵，及五百家左右的住户。（这些住户中，除了一部分拥有了些山田同油坊，或放账屯油、屯米、屯棉纱的小资本家外，其余多数皆为当年屯戍来此有军籍的人家。）地方还有个厘金局，办事机关在城外河街下面小庙里，局长则住在城中。一营兵士驻扎老参将衙门，除了号兵每天上城吹号玩，使人知道这里还驻有军队以外，兵士皆仿佛并不存在。冬天的白日里，到城里去，便只见各处人家门前皆晾晒有衣服同青菜。红薯多带藤悬挂在屋檐下。用棕衣作成的口袋，装满了栗子榛子，也多悬挂在檐口下。各处有大小鸡叫着玩着。间或有什么男子，占据在自己屋前门限上锯木，或用斧头劈树，把劈好的柴堆到敞坪里去如宝塔。又或可以见到几个妇人，穿了浆洗得极硬的蓝布衣裳，胸前挂有白布围裙，躬着腰在日光下一面说话一面作事。一切总永远那么静寂，所有人民每个日子皆在这种寂寞里过去。一分安静增加了人对于“人事”的思索力，增加了梦。在这小城中生存的，各人也一定皆各在分定一份日子里，怀了对于人事爱憎必然的期待。但这些人想些什么？谁知道。住在城中较高处，门前一站便可以眺望对河以及河中的景致，船来时，远远的就从对河滩上看着无数纤夫。那些纤夫也有从下游地方，带了细点心洋糖之类，拢岸时却拿进城中来换钱的。船来时，小孩子的想象，当在那些拉船人方面。大人呢，孵一窠小鸡，养两只猪，托下行船夫带两丈官青布，或一坛好酱油，一个双料的美孚灯罩回来，便占去了大部分做主妇的心了。

这小城里虽那么安静和平，但地方既为川东商业交易接头处，故城外小小河街，却不同了一点。也有商人落脚的客店，坐镇不动的理发馆。此外饭店、杂货铺、油行、盐栈、花衣庄，莫不各有一种地位，装点了这条河街。还有卖船上用的檀木活车竹缆与罐锅铺子，介绍水手职业吃码头饭的人家。小饭店门前，常有煎得焦黄的鲤鱼豆腐，身上装饰了红辣椒丝，卧在浅口钵头里，钵旁大竹筒中插着大把红筷子，不拘谁个愿意花点钱，这人就可以傍了门前长案坐下来，抽出一双筷子到手上，那边一个眉毛扯得极细脸上擦了白粉的妇人，就走过来问：“要甜酒？要烧酒？”男子火焰高一点的，谐趣的，对内掌柜有点意思的，必装成生气似的说：“吃甜酒？又不是小孩，还问人吃甜酒！”那么，酽冽的烧酒，从大瓮里用木滤子舀出，倒进土碗里，即刻就来到身边案桌上了。杂货铺卖美孚油，及点美孚油的洋灯，与香烛纸张。油行屯桐油。盐栈堆火井出的青盐。花衣庄则有白棉纱、大布、棉花以及包头的黑绉绸出卖。卖船上用物的，百物罗列，无所不备，且间或有重至百斤以外的铁锚，搁在门外路旁，等候主顾问价的。专以介绍水手为事业，吃水码头饭的，则在河街的家中，终日大门敞开着，常有穿青羽缎马褂的船主与毛手毛脚的水手进出，地方像茶馆却不卖茶，不是烟馆又可以抽烟。来到这里的，虽说所谈的是船上生意经，然而船只的上下，划船拉纤人大都有一定规矩，不必作数目上的讨论。他们来到这里大多数倒是在“联欢”。以“龙头管事”作中心，谈论点本地时事，两省商务上情形，以及下游的“新事”。邀会的，集款时大多数皆在此地，爬骰子看点数多少轮作会首时，也常常在此举行。真真成为他们生意经的，有两件事：买卖船只，买卖媳妇。

大都市随了商务发达而产生的某种寄食者，因为商人的需要，水手的需要，这小小边城的河街，也居然有那么一群人，聚集在一些有吊脚楼的人家。这种妇人不是从附近乡下弄来，便是随同川军来湘流落后的妇人，穿了假洋绸的衣服，印花标布的裤子，把眉毛扯得成一条细线，大大的发髻上敷了香味极浓俗的油类，白日里无事，皆坐在门口做鞋子，在鞋尖上用红绿丝线挑绣双凤，或靠在临河窗口上看水手起货，听水手爬桅子唱歌。到了晚间，则轮流的接待商人同水手，切切实实尽一个妓女应尽的义务。

由于边地的风俗淳朴，便是作妓女，也永远那么浑厚，遇不相熟的人，做生意时得先交钱，再关门撒野，人既相熟后，钱便在可有可无之间了。妓女多靠四川商人维持生活，但恩情所结，则多在水手方面。感情好的，互相咬着嘴唇咬着颈脖发了誓，约好了“分手后各人皆不许胡闹”，四十天或五十天，在船上浮着的那一个，同在岸上蹲着的这一个，便皆呆着打发这一堆日子，尽把自己的心紧紧缚定远远的一个人。尤其是妇人，痴到无可形容，男子过了约定时间不回来，做梦时，就总常常梦船拢了岸，一个人摇摇荡荡地从船跳板到了岸上，直向身边跑来。或日中有了疑心，则梦里必见男子在桅上向另一方面唱歌，却不理会自己。性格弱一点儿的，接着就在梦里投河吞鸦片烟，强一点儿的便手执菜刀，直向那水手奔去。他们生活虽那么同一般社会疏远，但是眼泪与欢乐，在一种爱憎得失间，揉进了这些人生活里时，也便同另外一片土地另外一些人相似，全个身心为那点爱憎所浸透，见寒作热，忘了一切。若有多少不同处，不过是这些人更真切一点，也更近于胡涂一点罢了。短期的包定，长期的嫁娶，一时间的关门，这些关于一个女人身体上的交易，由于民情的淳朴，身当其事的不觉得如何下流可耻，旁观者也就从不用读书人的观念，加以指摘与轻视。这些人既重义轻利，又能守信自约，即便是娼妓，也常常较之知羞耻的城市中人还更可信任。

掌水码头的名叫顺顺，一个前清时便在营伍中混过日子来的人物，革命时在著名的陆军四十九标做个什长。同样做什长的，有因革命成了伟人名人的，有杀头碎尸的，他却带着少年喜事得来的脚疯痛，回到了家乡，把所积蓄的一点钱，买了一条六桨白木船，租给一个穷船主，代人装货在茶峒与辰州之间来往。气运好，半年之内船皆不坏事，于是他从所赚的钱上，又讨了一个略有产业的白脸黑发小寡妇。数年后，在这条河上，他就有了八只船，一个妻子，两个儿子了。

但这个大方洒脱的人，事业虽十分顺手，却因欢喜交朋结友，慷慨而又能济人之急，便不能同贩油商人一样大大发作起来。自己既在粮子里混过日子，明白出门人的甘苦，理解失意人的心情，故凡因船只失事破产的船家，过路的退伍兵士，游学文人，凡到了这个地方，闻名求助的莫不尽力帮助。一面从水上赚来钱，一面就这样洒脱散去。这人虽然脚上有点小毛病，还能泅水，走路难得其平，为人却那么公正无私。水面上各事原本极其简单，一切皆为一个习惯所支配，谁个船碰了头，谁个船妨害了别一个人别一只船的利益，皆照例有习惯方法来解决。惟运用这种习惯规矩排调一切的，必需一个高年硕德的中心人物。某年秋天，那原来一个人死去了，顺顺作了这样一个代替者。那时他还只五十岁，明事明理，为人既正直和平，又不爱财，故无人对他年龄怀疑。

到如今，他的儿子大的已十六岁，小的已十四岁。两个年青人皆结实如小公牛，能驾船，能泅水，能走长路。凡从小乡城里出身的年青人所能够作的事，他们无一不作，作去无一不精。年纪较长的，如他们爸爸一样，豪放豁达，不拘常套小节，年幼的则气质近于那个白脸黑发的母亲，不爱说话，眼眉却秀拔出群，一望即知其为人聪明而又富于感情。

两兄弟既年已长大，必需在各种生活上来训练他们的人格，作父亲的就轮流派遣两个小孩子各处旅行；向下行船时，多随了自己的船只充伙计，甘苦与人相共。荡桨时选最重的一把，背纤时拉头纤二纤，吃的是干鱼、辣子、臭酸菜，睡的是硬帮帮的舱板。向上行从旱路走去，则跟了川东客货，过秀山龙潭酉阳作生意，不论寒暑雨雪，必穿了草鞋按站赶路。且佩了短刀，遇不得已必需动手，便霍的把刀抽出，站到空阔处去，等候对面的一个，继着就同这个人用肉搏来解决。帮里的风气，既为 “对付仇敌必需用刀，联结朋友也必需用刀”，故需要刀时，他们也就从不让它失去那点机会。学贸易，学应酬，学习到一个新地方去生活，且学习用刀保护身体同名誉，教育的目的，似乎在使两个孩子学得做人的勇气与义气。一分教育的结果，弄得两个人皆结实如老虎，却又和气亲人，不骄惰，不浮华，故父子三人在茶峒边境上，为人所提及时，人人对这个名姓无不加以一种尊敬。

作父亲的当两个儿子很小时，就明白大儿子一切与自己相似，却稍稍见得溺爱那第二个儿子。由于这点不自觉的私心，他把长子取名天保，次子取名傩送。天保佑的在人事上或不免有龃龉处，至于傩神所送来的，照当地习气，人便不能稍加轻视了。傩送美丽得很，茶峒船家人拙于赞扬这种美丽，只知道为他取出一个诨名为“岳云”。虽无什么人亲眼看到过岳云，一般的印象，却从戏台上小生岳云，得来一个相近的神气。

三

两省接壤处，十余年来主持地方军事的，注重在安辑保守，处置极其得法，并无变故发生。水陆商务既不至于受战争停顿，也不至于为土匪影响，一切莫不极有秩序，人民也莫不安分乐生。这些人，除了家中死了牛，翻了船，或发生别的死亡大变，为一种不幸所绊倒，觉得十分伤心外，中国其他地方正在如何不幸挣扎中的情形，似乎就永远不会为这边城人民所感到。

边城所在一年中最热闹的日子，是端午，中秋与过年。三个节日过去三五十年前，如何兴奋了这地方人，直到现在，还毫无什么变化，仍能成为那地方居民最有意义的几个日子。

端午日，当地妇女小孩子，莫不穿了新衣，额角上用雄黄蘸酒画了个王字。任何人家到了这天必皆可以吃鱼吃肉。大约上午十一点钟左右，全茶峒人就皆吃了午饭，把饭吃过后，在城里住家的，莫不倒锁了门，全家出城到河边看划船。河街有熟人的，可到河街吊脚楼门口边看，不然就站在税关门口与各个码头上看。河中龙船以长潭某处作起点，税关前作终点，因为这一天军官税官以及当地有身分的人，莫不在税关前看热闹。划船的事各人在数天以前就早有了准备，分组分帮各自选出了若干身体结实手脚伶俐的小伙子，在潭中练习进退。船只的形式，与平常木船皆不相同，形体一律又长又狭，两头高高翘起，船身绘着朱红颜色长线，平常时节多搁在河边干燥洞穴里，要用它时，拖下水去。每只船可坐十二个到十八个桨手，一个带头的，一个鼓手，一个锣手。桨手每人持一枝短桨，随了鼓声缓促为节拍，

把船向前划去。坐在船头上，头上缠裹着红布包头，手上拿两枝小令旗，左右挥动，指挥船只的进退。擂鼓打锣的，多坐在船只的中部，船一划动便即刻蓬蓬镗镗把锣鼓很单纯的敲打起来，为划桨水手调理下桨节拍。一船快慢既不得不靠鼓声，故每当两船竞赛到剧烈时，鼓声如雷鸣，加上两岸人呐喊助威，便使人想起梁红玉老鹳河时水战擂鼓，牛皋水擒杨么时也是水战擂鼓。凡把船划到前面一点的，必可在税关前领赏，一疋红，一块小银牌，不拘缠挂到船上某一个人头上去，皆显出这一船合作的光荣。好事的军人，且当每次某一只船胜利时，必在水边放些表示胜利庆祝的五百响鞭炮。

赛船过后，城中的戍军长官，为了与民同乐，增加这节日的愉快起见，便把绿头长颈大雄鸭，颈脖上缚了红布条子，放入河中，尽善于泅水的军民人等，下水追赶鸭子。不拘谁把鸭子捉到，谁就成为这鸭子的主人。于是长潭换了新的花样，水面各处是鸭子，各处有追赶鸭子的人。

船与船的竞赛，人与鸭子的竞赛，直到天晚方能完事。

掌水码头的龙头大哥顺顺，年青时节便是一个泅水的高手，入水中去追逐鸭子，在任何情形下总不落空。但一到次子傩送年过十二岁时，已能入水闭气汆着到鸭子身边，再忽然从水中冒水而出，把鸭子捉到，这作爸爸的便解嘲似的说："好，这种事有你们来作，我不必再下水了。"于是当真就不下水与人来竞争捉鸭子。但下水救人呢，当作别论。凡帮助人远离患难，便是入火，人到八十岁，也还是成为这个人一种不可逃避的责任！

天保傩送两人皆是当地泅水划船好选手。

端午又快来了，初五划船，河街上初一开会，就决定了属于河街的那只船当天入水。天保恰好在那天应向上行，随了陆路商人过川东龙潭送节货，故参加的就只傩送。十六个结实如牛犊的小伙子，带了香、灯、鞭炮、同一个用生牛皮蒙好绘有朱红太极图的高脚鼓，到了搁船的河上游山洞边，烧了香灯，把船拖入水后，各人上了船，燃着鞭炮，擂着鼓，这船便如一枝箭似的，很迅速的向下游长潭射去。

那时节还是上午，到了午后，对河渔人的龙船也下了水，两只龙船就开始预习种种竞赛的方法。水面上第一次听到了鼓声，许多人从这鼓声中，感到了节日临近的欢悦。住临河吊脚楼有所盼望的，也莫不因鼓声想到远人。在这个节日里，必然有许多船只可以赶回，也有许多船只合在半路过节，这之间，便有些眼目所难见的人事哀乐，在这小山城河街间，让一些人嬉喜，也让一些人皱眉!

蓬蓬鼓声掠水越山到了渡船头那里时，最先注意到的是那只黄狗。那黄狗汪汪的吠着，受了惊似的绕屋乱走，有人过渡时，便随船渡过河东岸去，且跑到那小山头向城里一方面大吠。

翠翠正坐在门外大石上用棕叶编蚱蜢蜈蚣玩，见黄狗先在太阳下睡着，忽然醒来便发疯似的乱跑，过了河又回来，就问它骂它：

“狗，狗，你做什么！不许这样子！”

可是一会儿那声音被她发现了，她于是也绕屋跑着，且同黄狗一块儿渡过了小溪，站在小山头听了许久，让那点迷人的鼓声，把自己带到一个过去的节日里去。

四

还是两年前的事。五月端阳，渡船头祖父找人作了代替，便带了黄狗同翠翠进城，过大河边去看划船。河边站满了人，四只朱色长船在潭中滑着，龙船水刚刚涨过，河中水皆豆绿色，天气又那么明朗，鼓声蓬蓬响着，翠翠抿着嘴一句话不说，心中充满了不可言说的快乐。河边人太多了一点，各人皆尽张着眼睛望河中，不多久，黄狗还在身边，祖父却挤得不见了。

翠翠一面注意划船，一面心想“过不久祖父总会找来的”。但过了许久，祖父还不来，翠翠便稍稍有点儿着慌了。先是两人同黄狗进城前一天，祖父就问翠翠：“明天城里划船，倘若一个人去看，人多怕不怕？”翠翠就说：“人多我不怕，但自己只是一个人可不好玩。”于是祖父想了半天，方想起一个住在城中的老熟人，赶夜里到城里去商量，请那老人来看一天渡船，自己却陪翠翠进城玩一天。且因为那人比渡船老人更孤单，身边无一个亲人，也无一只狗，因此便约好了那人早上过家中来吃饭，喝一杯雄黄酒。第二天那人来了，吃了饭，把职务委托那人以后，翠翠等便进了城。到路上时，祖父想起什么似的，又问翠翠：“翠翠，翠翠，人那么多，好热闹，你一个人敢到河边看龙船吗？”翠翠说：“怎么不敢？可是一个人有什么意思。”到了河边后，长潭里的四只红船，把翠翠的注意力完全占去了，身边祖父似乎也可有可无了。祖父心想：“时间还早，到收场时，至少还得三个时刻。溪边的那个朋友，也应当来看看年青人的热闹，回去一趟，换换地位还赶得及。”因此就告翠翠：“人太多了，站在这里看，不要动，我到别处去有事情，无论如何总赶得回来伴你回家。”翠翠正为两只竞速并进的船迷着，祖父说的话毫不思索皆答应了。祖父知道黄狗在翠翠身边，也许比他自己在她身边还稳当，于是便回家看船去了。

祖父到了那渡船处时，见代替他的老朋友，正站在白塔下注意听远处鼓声。

祖父喊他，请他把船拉过来，两人渡过小溪仍然站到白塔下去。那人问老船夫为什么又跑回来，祖父就说想替他一会儿故把翠翠留在河边，自己赶回来，好让他也过河边去看看热闹，且说，“看得好，就不必再回来，只须见了翠翠告她一声，翠翠到时自会回家的。小丫头不敢回家，你就伴她走走！”但那替手对于看龙船已无什么兴味，却愿意同老船夫在这溪边大石上各自再喝两杯烧酒。老船夫十分高兴，把酒葫芦取出，推给城中来的那一个。两人一面谈些端午旧事，一面喝酒，不到一会，那人却在岩石上为烧酒醉倒了。

人既醉倒了后，无从入城，祖父为了责任又不便与渡船离开，留在河边的翠翠便不能不著急了。

河中划船的决了最后胜负后，城里军官已派人驾小船在潭中放了一群鸭子，祖父还不见来。翠翠恐怕祖父也正在什么地方等着她，因此带了黄狗各处从中挤著去找寻祖父，结果还是不得祖父的踪迹。后来看看天快要黑了，军人抗了长凳出城看热闹的，皆已陆续抗了那凳子回家。潭中的鸭子只剩下三五只，捉鸭人也渐渐的少了。落日向上游翠翠家中那一方落去，黄昏把河面装饰了一层薄雾。翠翠望到这个景致，忽然起了一个怕人的想头，她想："假若爷爷死了？"

她记起祖父嘱咐她不要离开原来地方那一句话，便又为自己解释这想头的错误，以为祖父不来必是进城去或到什么熟人处去，被人拉著喝酒，故一时不能来的。正因为这也是可能的事，她又不愿在天未断黑以前，同黄狗赶回家去，只好站在那石码头边等候祖父。

再过一会，对河那两只长船已泊到对河小溪里去不见了，看龙船的人也差不多全散了。吊脚楼有娼妓的人家，已上了灯，且有人敲小斑鼓弹月琴唱曲子。另外一些人家，又有划拳行酒的吵嚷声音。同时泊在吊脚楼下的一些船只，上面也有人在摆酒炒菜，把青菜萝卜之类，倒进滚热油锅里去时发出吵 —— 的声音。河面已濛濛胧胧，看去好像只有一只白鸭在潭中浮着，也只剩一个人追着这只鸭子。

翠翠还是不离开码头，总相信祖父会来找她，同她一起回家。

吊脚楼上唱曲子声音热闹了一些， 只听到下面船上有人说话，一个水手说："金亭，你听你那婊子陪川东庄客喝酒唱曲子，我赌个手指，说这是她的声音！"另一个水手就说："她陪他们喝酒唱曲子，心里可想我。她知道我在船上！”先前那一个又说：“身体让别人玩着，心还想着你；你有什么凭据？”另一个说：“有凭据。”于是这水手吹着唿哨，作出一个古怪的记号，一会儿，楼上歌声便停止了。歌声停止后，两个水手皆笑了。两人接着便说了些关于那个女人的一切，使用了不少粗鄙字眼，翠翠很不习惯把这种话听下去，但又不能走开。且听水手之一说楼上妇人的爸爸是被人杀死的，一共杀了十七刀。翠翠心中那个古怪的想头，“爷爷死了呢？”便仍然占据到心里有一忽儿。

两个水手还正在谈话，潭中那只白鸭慢慢的向翠翠所在的码头边游来，翠翠想：“再过来些我就捉住你！”于是静静的等着，但那鸭子将近岸边三丈远近时，却有个人笑着， 喊那船上水手。原来水中还有个人，那人已把鸭子捉到手，却慢慢的“踹水”游近岸边的。船上人听到水面的喊声，在隐约里也喊道：“二老，二老，你真能干，你今天得了五只吧。”那水上人说：“这家伙狡猾得很，现在可归我了。”“你这时捉鸭子，将来捉女人，一定有同样的本领。”水上那一个不再说什么，手脚并用的拍着水傍了码头。湿淋淋的爬上岸时，翠翠身旁的黄狗，仿佛警告水中人似的，汪汪的叫了几声，那人方注意到翠翠。码头上已无别的人，那人问：

“是谁人？”

“是翠翠！”

“翠翠又是谁？”

“是碧溪岨撑渡船的孙女。”

“你在这儿做什么？”

“我等我爷爷。我等他来。”

“等他来他可不会来，你爷爷一定到城里军营里喝了酒，醉倒后被人抬回去了！”

“他不会这样子，他答应来找我，他就一定会来的。”

“这里等也不成，到我家里去，到那边点了灯的楼上去，等爷爷来找你好不好？”

翠翠误会邀他进屋里去那个人的好意，正记着水手说的妇人丑事，她以为那男子就是要她上有女人唱歌的楼上去，本来从不骂人，这时正因等候祖父太久了，心中焦急得很，听人要她上去，以为欺侮了她，就轻轻的说：

“悖时砍脑壳的！”

话虽轻轻的，那男的却听得出，且从声音上听得出翠翠年纪，便带笑说：“怎么，你骂人！你不愿意上去，要耽在这儿，回头水里大鱼来咬了你，可不要叫喊！”

翠翠说：“鱼咬了我也不管你的事。”

那黄狗好像明白翠翠被人欺侮了，又汪汪的吠起来。那男子把手中白鸭举起，向黄狗吓了一下，便走上河街去了。黄狗为了自己被欺还想追过去，翠翠便喊：“狗，狗，你叫人也看人叫！”翠翠意思仿佛只在告狗“那轻薄男子还不值得叫”，但男子听去的却是另外一种好意，放肆的笑着，不见了。

又过了一阵，有人从河街拿了一个废缆做成的火炬，喊叫着翠翠的名字来找寻她，到身边时翠翠却不认识那个人。那人说：老船夫回到家中，不能来接她，故搭了过渡人口信来告翠翠要她即刻就回去。翠翠听说是祖父派来的，就同那人一起回家，让打火把的在前引路，黄狗时前时后，一同沿了城墙向渡口走去。翠翠一面走一面问那拿火把的人，是谁告他就知道她在河边。那人说是二老告他的，他是二老家里的伙计，送翠翠回家后还得回转河街。

翠翠说：“二老他怎么知道我在河边？”

那人便笑着说：“他从河里捉鸭子回来，在码头上见你，他说好意请你上家里坐坐，等候你爷爷，你还骂过他！”

翠翠带了点儿惊讶轻轻地问：“二老是谁？”

那人也带了点儿惊讶说：“二老你还不知道？！傩送二老！就是岳云！他要我送你回去！”

傩送二老在茶峒地方不是一个生疏的名字！

翠翠想起自己先前骂人那句话，心里又吃惊又害羞，再也不说什么，默默的随了那火把走去。

翻过了小山岨，望得见对溪家中火光时，那一方面也看见了翠翠方面的火把，老船夫即刻把船拉过来，一面拉船一面哑声儿喊问：“翠翠，翠翠，是不是你？”翠翠不理会祖父，口中却轻轻地说：“不是翠翠，不是翠翠，翠翠早被大河里鲤鱼吃去了。”翠翠上了船，二老派来的人，打着火把走了，祖父牵着船问：“翠翠，你怎么不答应我，生我的气了吗？”

翠翠站在船头还是不作声。翠翠对祖父那一点儿埋怨，等到把船拉过了溪，一到了家中，看明白了醉倒的另一个老人后，就完事了。但另一件事，属于自己不关祖父的，却使翠翠沉默了一个夜晚。

五

两年日子过去了。

这两年来两个中秋节，恰好皆无月亮可看，凡在这边城地方，因看月而起整夜男女唱歌的故事，皆不能如期举行，故两个中秋留给翠翠的印象，极其平淡无奇。两个新年虽照例可以看到军营里与各乡来的狮子龙灯，在小教场迎春，锣鼓喧阗很热闹。到了十五夜晚，城中舞龙耍狮子的镇筸兵士，还各自赤裸着肩膊，往各处去欢迎炮仗烟火。城中军营里，税关局长公馆，河街上一些大字号，莫不预先截老毛竹筒，或镂空棕榈树根株，用洞硝拌和矿炭钢砂，一千捶八百捶把烟火做好。好勇取乐的光身军士，玩着灯打着鼓来了，小鞭炮如落雨的样子，从悬到长竿尖端的空中落到玩灯的肩背上，锣鼓催动急促的拍子，大家皆为这事情十分兴奋。鞭炮放过一阵后，用长凳绑着的大筒灯火，在敞坪一端燃起了引线，先是咝咝的流泻白光，慢慢的这白光便吼啸起来，作出如雷如虎惊人的声音，白光向上空冲去，高至二十丈，下落时便洒散着满天花雨。玩灯的兵士，在火花中绕着圈子，俨然毫不在意的样子。翠翠同他的祖父，也看过这样的热闹，留下一个热闹的印象，但这印象不知为什么原因，总不如那个端午所经过的事情甜而美。

翠翠为了不能忘记那件事，上年一个端午又同祖父到城边河街去看了半天船，一切玩得正好时，忽然落了行雨，无人衣衫不被雨湿透。为了避雨，祖孙二人同那只黄狗，走到顺顺吊脚楼上去，挤在一个角隅里。有人抗凳子从身边过去，翠翠认得那人是去年打了火把送她回家的人，就告给祖父：

“爷爷，那个人去年送我回家，他拿了火把走路时，真像个喽啰！”

祖父当时不作声，等到那人回头又走过面前时，就一把抓住那个人，笑嘻嘻说：

“嗨嗨，你这个人！要你到我家喝一杯也不成，还怕酒里有毒，把你这个真命天子毒死！”

那人一看是守渡船的，且看到了翠翠，就笑了。“翠翠，你大长了！二老说你在河边大鱼会吃你，我们这里河中的鱼，现在可吞不下你了。”

翠翠一句话不说，只是抿起嘴唇笑着。

这一次虽在这喽啰长年口中听到个“二老”名字，却不曾见及这

个人。从祖父与那长年谈话里，翠翠听明白了二老是在下游六百里外青浪滩过端午的。但这次不见二老却认识了“大老”，且见着了那个一地出名的顺顺。大老把河中的鸭子捉回家里后，因为守渡船的老家伙称赞了那只肥鸭两次，顺顺就要大老把鸭子给翠翠。且知道祖孙二人所过的日子，十分拮据，节日里自己不能包粽子，又送了许多三角粽子。

那水上名人同祖父谈话时，翠翠虽装作眺望河中景致，耳朵却把每一句话听得清清楚楚。那人向祖父说翠翠长得很美，问过翠翠年纪，又问有不有人家。祖父则很快乐的夸奖了翠翠不少，且似乎不许别人来关心翠翠的婚事，故一到这件事便闭口不谈。

回家时，祖父抱了那只白鸭子同别的东西，翠翠打火把引路。两人沿城墙走去，一面是城，一面是水。祖父说：“顺顺是个好人，大方得很。大老也很好。这一家人都好！”翠翠说：“一家人都好，你认识他们一家人吗？”祖父不明白这句话的意思所在，因为今天太高兴一点，便笑着说：“翠翠，假若大老要你做媳妇，请人来做媒，你答应不答应？”翠翠就说：“爷爷，你疯了！再说我就生你的气！”

祖父话虽不说了，心中却很显然的还转着这些不好的可笑的念头。翠翠着了恼，把火炬向路两旁乱晃着，向前快快的走去了。

“翠翠，莫闹，我摔到河里去，鸭子会走脱的！”

“谁也不希罕那只鸭子！”

祖父明白翠翠为什么事不高兴，祖父便唱起摇橹人驶船下滩时催橹的歌声，声音虽然哑沙沙的，字眼儿却稳稳当当毫不含糊。翠翠一面听着一面向前走去，忽然停住了发问：

“爷爷，你的船是不是正在下青浪滩呢？”

祖父不说什么，还是唱着，两人皆记顺顺家二老的船正在青浪滩过节，但谁也不明白另外一个人的记忆所止处。祖孙二人便沉默的一直走还家中。到了渡口，那代理看船的，正把船泊在岸边等候他们。几人渡过溪到了家中，剥粽子吃，到后那人要进城去，翠翠赶即为那人点上火把，让他有火把照路。人过了小溪上小山时，翠翠同祖父在船上望着，翠翠说：

“爷爷，看喽罗上山了啊！”

祖父把手攀引着横缆，注目溪面的薄雾，仿佛看到了什么东西，轻轻的吁了一口气。祖父静静的拉船过对岸家边时，要翠翠先上岸去，自己却守在船边，因为过节，明白一定有乡下人从城里看龙船，还得乘黑赶回家乡。

六

白日里，老船夫正在渡船上，同个卖皮纸的过渡人有所争持。一个不能接受所给的钱，一个却非把钱送给老人不可。正似乎因为那个过渡人送钱气派，使老船夫受了点压迫，这撑渡船人就俨然生气似的，迫着那人把钱收回，使这人不得不把钱捏在手里。但船拢岸时，那人跳上了码头，一手铜钱向船舱里一撒，却笑眯眯的匆匆忙忙走了。老船夫手还得拉着船让别一个人上岸，无法去追赶那个人，就喊小山头的孙女：

“翠翠，翠翠，为我拉着那个卖皮纸的小伙子，不许他走！”

翠翠不知道是怎么回事，当真便同黄狗去拦着那第一个下山人。那人笑着说：

“不要拦我！……”

正说着，第二个商人赶来了，就告给翠翠是什么事情。翠翠明白了，更拉着卖纸人衣服不放，只说：“不许走！不许走！”黄狗为了表示同主人的意见一致，也便在翠翠身边汪汪汪的吠着。其余商人皆笑着，一时不能走路。祖父气吁吁的赶来了，把钱强迫塞到那人手心里，且搭了一大束草烟到那商人担子上去，搓着两手笑着说："走呀！你们上路走！"那些人于是全笑着走了。

翠翠说："爷爷，我还以为那人偷你东西同你打架！"

祖父就说：

"他送我好些钱。我才不要这些钱！告他不要钱，他还同我吵，不讲道理！"

翠翠说："全还给他了吗？"

祖父抿着嘴把头摇摇，装成狡猾得意神气笑着，把扎在腰带上留下的那枚单铜子取出，送给翠翠。且说：

"他得了我们那把烟叶，可以吃到镇筸城！"

远处鼓声又蓬蓬的响起来了，黄狗张着两个耳朵听着。翠翠问祖父，听不听到什么声音。祖父一注意，知道是什么声音了，便说：

"翠翠，端午又来了。你记不记得去年天保大老送你那只肥鸭子。早上大老同一群人上川东去，过渡时还问你。你一定忘记那次落的行雨。我们这次若去，又得打火把回家；你记不记得我们两人用火把照路回家？"

翠翠还正想起两年前的端午一切事情哪。但祖父一问，翠翠却微带点儿恼着的神气，把头摇摇，故意说："我记不得，我记不得。"其实她那意思就是"我怎么记不得？！"

祖父明白那话里意思，又说："前年还更有趣，你一个人在河边等我，差点儿不知道回来，我还以为大鱼会吃掉你！"

提起旧事翠翠嗤的笑了。

"爷爷，你还以为大鱼会吃掉我？是别人家说我，我告给你！你那天只是恨不得让城中的那个爷爷把装酒的葫芦吃掉！你这种记性！"

“我人老了，记性也坏透了。翠翠，现在你人大了，一个人一定敢上城看船不怕鱼吃掉你了。”

“人大了就应当守船呢。”

“人老了才当守船。”

“人老了应当歇憩！”

“你爷爷还可以打老虎，人不老！”祖父说着，于是，把膀子弯曲起来，努力使筋肉在局束中显得又有力又年青，且说：“翠翠，你不信，你咬。”

翠翠睨着腰背微驼的祖父，不说什么话。远处有吹哨哪的声音，她知道那是什么事情，且知道哨哪方向。要祖父同她下了船，把船拉过家中那边岸旁去。为了想早早的看到那迎婚送亲的喜轿，翠翠还爬到屋后塔下去眺望。过不久，那一伙人来了，两个吹哨哪的，四个强壮乡下汉子，一顶空花轿，一个穿新衣的团总儿子模样的青年，另外还有两只羊；一个牵羊的孩子，一坛酒，一盒糍粑；一个担礼物的人。一伙人上了渡船后，翠翠同祖父也上了渡船，祖父拉船，翠翠却傍花轿站定，去欣赏每一个人的脸色与花轿上的流苏。拢岸后，团总儿子模样的人，从扣花抱肚里掏出了一个小红纸包封，递给老船夫。这是规矩，祖父再不能说不接收了。但得了钱祖父却说话了，问那个人，新娘是什么地方人，明白了，又问姓什么，明白了，又问多大年纪，一起皆弄明白了。吹哨哪的一上岸后又把哨哪呜呜喇喇吹起来，一行人便翻山走了。祖父同翠翠留在船上，感情仿佛皆追着那哨哪声音走去，走了很远的路方回到自己身边来。

祖父掂着那红纸包封的分量说：“翠翠，宋家堡子里新嫁娘只十五岁。”

翠翠明白祖父这句话的意思所在，不作理会，静静的把船拉动起来。

到了家边，翠翠跑还家中去取小小竹子做的双管哨哪，请祖父坐在船头吹“娘送女”曲子给她听，她却同黄狗躺到门前大岩石上荫处看天上的云。白日渐长，不知什么时节，祖父睡着了，翠翠同黄狗睡着了。

七

到了端午。祖父同翠翠在三天前业已预先约好，祖父守船，翠翠同黄狗过顺顺吊脚楼去看热闹。翠翠先不答应，后来答应了。但过了一天，翠翠又翻悔回来，以为要看两人去看，要守船两人守船。祖父明白那个意思，是翠翠玩心与爱心相战争的结果。为了祖父的牵绊，应当玩的也无法去玩，这不成！祖父含笑说：“翠翠，你这是为什么？说定了的又翻悔，同茶峒人平素品德不相称。我们应当说一是一，不许三心二意。我记性并不坏到这样子，把你答应了我的即刻忘掉！”祖父虽那么说，很显然的事，祖父对于翠翠的打算是同意的。但人太乖了，祖父有点愀然不乐了。见祖父不再说话，翠翠就说：“我走了，谁陪你？”

祖父说：“你走了，船陪我。”

翠翠把眉毛皱拢去苦笑着，“船陪你，嗨，嗨，船陪你。”

祖父心想：“你总有一天会要走的。”但不敢提这件事。祖父一时无话可说，于是走过屋后塔下小圃里去看葱，翠翠跟过去。

“爷爷，我决定不去，要去让船去，我替船陪你！”

“好，翠翠，你不去我去，我还得戴了朵红花，装老太婆进城去见识面！”

两人皆为这句话笑了许久。

祖父理葱，翠翠却摘了一根大葱吹着。有人在东岸喊过渡，翠翠不让祖父占先，便忙着跑下去，跳上了渡船，援着横溪缆子拉船过溪去接人。一面拉船一面喊祖父：

“爷爷，你唱，你唱！”

祖父不唱，却只站在高岩上望翠翠，把手摇着，一句话不说。

祖父有点心事。

翠翠一天比一天大了，无意中提到什么时，会红脸了。时间在成长她，似乎正催促她，使她在另外一件事情上负点儿责。她欢喜看扑粉满脸的新嫁娘，欢喜说到关于新嫁娘的故事，欢喜把野花戴到头上去，还欢喜听人唱歌。茶峒人的歌声，缠绵处她已领略得出。她有时仿佛孤独了一点，爱坐在岩石上去，向天空一片云一颗星凝眸。祖父若问：“翠翠，想什么？”她便带著点儿害羞情绪，轻轻的说：“翠翠不想什么。”但在心里却同时又自问：“翠翠，你想什么？”同是自己也在心里答着：“我想的很远，很多。可是我不知想些什么！”她的确在想，又的确连自己也不知在想些什么。这女孩子身体既发育得很完全，在本身上因年龄自然而来的一件“奇事”，也使她多了些思索。

祖父明白这类事情对于一个女子的影响，祖父心情也变了些。祖父是一个在自然里活了七十年的人，但在人事上的自然现象，就有了些不能安排处。因为翠翠的长成，使祖父记起了些旧事，从掩埋在一大堆时间里的故事中，重新找回了些东西。

翠翠的母亲，某一时节原同翠翠一个样子。眉毛长，眼睛大，皮肤红红的。也乖得使人怜爱——也懂在一些小处，使家中长辈快乐。也仿佛永远不会同家中这一个分开。但一点不幸来了，她认识了那个兵。这些事从老船夫说来谁也无罪过，只应“天”去负责。翠翠的祖父口中不怨天，心却不能完全同意这种不幸的安排。到底还像年青人，说是放下了，也正是不能放下的莫可奈何容忍到的一件事情！

并且那时还有个翠翠。如今假若翠翠又同妈妈一样，老船夫的年龄，还能把小雏儿再育下去吗？人愿意神却不同意！人太老了，应当休息了，凡是一个良善的乡下人，所应得到的劳苦与不幸，全得到了。假若另外高处有一个上帝，这上帝且有一双手支配一切，很明显的事，十分公道的办法，是应把祖父先收回去，再来让那个年青的在新的生活上得到应分接受那一分的。

可是祖父并不那么想。他为翠翠担心。他有时便躺到门外岩石上，对着星子想他的心事。他以为死是应当快到了的，正因为翠翠人已长大了，证明自己也真正老了。无论如何，得让翠翠有个著落。翠翠既是她那可怜母亲交把他的，翠翠大了，他也得把翠翠交给一个人，他的事才算完结！交给谁？必需什么样的人方不委屈她？

前几天顺顺家天保大老过溪时，同祖父谈话，这心直口快的青年人，第一句话就说：

"老伯伯，你翠翠长得真标致，再过两年，若我有闲空能留在茶峒照料事情，不必像老鸦到处飞，我一定每夜到这溪边来为翠翠唱歌。"

祖父用微笑奖励这种自白。一面把船拉动，一面把那双小眼睛瞅着大老。

于是大老又说：

"翠翠太娇了，我担心她只宜于听点茶峒人的歌声，不能作茶峒女子做媳妇的一切正经事。我要个能听我唱歌的情人，却更不能缺少个照料家务的媳妇。'又要马儿不吃草，又要马儿走得好，'唉，这两句话是古人为我说的！"

祖父慢条斯理把船转了头，让船尾傍岸，就说：

"大老，也有这种事儿！你瞧着吧。"

那青年走去后，祖父温习着那些出于一个男子口中的真话，实在又愁又喜。翠翠若应当交把一个人，这个人是不是适宜于照料翠翠？当真交把了他，翠翠是不是愿意？

八

初五大清早落了点毛毛雨，上游且涨了点“龙船水”，河水已作豆绿色。祖父上城买办过节的东西，戴了个粽粑叶“斗篷”，携带了一个篮子，一个装酒的大葫芦，肩头上挂了个褡裢，其中放了一吊六百钱，就走了。因为是节日，这一天从小村小寨带了铜钱担了货物上城去办货掉货的极多，这些人起身也极早，故祖父走后，黄狗就伴同翠翠守船。翠翠头上戴了一个崭新的斗篷，把过渡人一趟一趟的送来送去。黄狗坐在船头，每当船拢岸时必先跳上岸边去衔绳头，引起每个过渡人的兴味。有些过渡乡下人也携了狗上城，照例如俗话说的，“狗离不得屋”，一离了自己的家，即或傍着主人，也变得非常老实了，到过渡时，翠翠的狗必走过去嗅嗅，从翠翠方面讨取了一个眼色，似乎明白翠翠的意思，就不敢有什么举动。直到上岸后，把拉绳子的事情作完，眼见到那只陌生的狗上小山去了，也必跟着追去。或者向狗主人轻轻吠着，或者逐着那陌生的狗，必得翠翠带点儿嗔恼的嚷着：“狗，狗，你狂什么？还有事情做，你就跑呀！”于是这黄狗赶快跑回船上来，且依然满船闻嗅不已。翠翠说：“这算什么轻狂举动！跟谁学得的！还不好好蹲到那边去！”狗俨然极其懂事，便即刻到它自己原来地方去，只间或又想象起什么似的，轻轻的吠几声。

雨落个不止，溪面一片烟。翠翠在船上无事可作时，便算着老船夫的行程。她知道他这一去应到什么地方碰到什么人，谈些什么话，这一天城门边应当是些什么情形，河街上应当是些什么情形，“心中一本册”，她完全如同眼见到的那么明明白白。她又知道祖父的脾气，一见城中相熟粮子上人物，不管是马夫火夫，总会把过节时应有的颂祝说出。这边说，“副爷，你过节吃饱喝饱！”那一个便也将说，“划船的，你吃饱喝饱！”这边若说著如上的话，那边人说，“有什么可以吃饱喝饱？四两肉，两碗酒，既不会饱也不会醉！”那么，祖父必很诚实邀请这熟人过碧溪岨喝个够量。倘若有人当时就想喝一口祖父葫芦中的酒，这老船夫也从不吝啬，必很快的就把葫芦递过去。酒喝过了，那兵营

中人卷舌子舐着嘴唇，称赞酒好，于是又必被勒迫着喝第二口。酒在这种情形下少起来了，就又跑到原来铺上去，加满为止。翠翠且知道祖父还会到码头上去同刚拢岸一天两天的上水船水手谈谈话，问问下河的米价盐价，有时且弯着腰钻进那带有海带鱿鱼味，以及其他油味、醋味、柴烟味的船舱里去，水手们从小坛中抓出一把红枣，递给老船夫，过一阵，等到祖父回家被翠翠埋怨时，这红枣便成为祖父与翠翠和解的工具。祖父一到河街上，且一定有许多铺子上商人送他粽子与其他东西，作为对这个忠于职守的划船人一点敬意，祖父虽嚷着“我带了那么一大堆，回去会把老骨头压断”，可是不管如何，这些东西多少总得领点情。走到卖肉案桌边去，他想“买肉”人家却不愿接钱，屠户若不接钱，他却宁可到另外一家去，决不想沾那点便宜。那屠户说，“爷爷，你为人那么硬算什么？又不是要你去做犁口耕田！”但不行，他以为这是血钱，不比别的事情，你不收钱他会把钱预先算好，猛的把钱掷到大而长的钱筒里去，攫了肉就走去的。卖肉的明白他那种性情，到他称肉时总选取最好的一处，且把分量故意加多，他见及时却将说：“喂喂，大老板，我不要你那些好处！腿上的肉是城里人炒鱿鱼肉丝用的肉，莫同我开玩笑！我要夹项肉，我要浓的糯的，我是个划船人，我要拿去炖葫萝卜喝酒的！”得了肉，把钱交过手时，自己先数一次，又嘱咐屠户再数，屠户却照例不理会他，把一手钱哗的向长竹筒口丢去，他于是简直是妩媚的微笑著走了。屠户与其他买肉人，见到他这种神气，必笑个不止。……

翠翠还知道祖父必到河街上顺顺家里去。

翠翠温习着两次过节两个日子所见所闻的一切，心中很快乐，好像目前有一个东西，同早间在床上闭了眼睛所看到那种捉摸不定的黄葵花一样，这东西仿佛很明朗的在眼前，却看不准，抓不住。

翠翠想：“白鸡关真出老虎吗？”她不知道为什么忽然想起白

鸡关。

于是又想："三十二个人摇六匹橹，上水走风时张起个大篷，一百幅白布拼成的一片东西，先在这样大船上过洞庭湖，多可笑……"她不明白洞庭湖有多大，也就从不见过这种大船，更可笑的，还是她自己也不知道为什么却想到这个问题！

一群过渡人来了，有担子，有跑差模样的人物，另外还有母女二人。母亲穿了新浆洗得硬朗的蓝布衣服，女孩子脸上涂着两饼红色，穿了新衣，上城到亲戚家中去拜节看龙船的。等待众人上船稳定后，翠翠一面望着那小女孩，一面把船拉过溪去。那小孩从翠翠估来年纪也将十岁了，神气却很娇，似乎从不能离开过母亲。脚下穿得是一双尖头新油过的钉鞋，上面沾污了些黄泥。裤子是那种翻紫的葱绿布做的。见翠翠尽是望她，她也便看着翠翠，眼睛光光的如同两粒水晶球。那母亲模样的妇人便问翠翠，年纪有几岁。翠翠笑着，不高兴答应，却反问小女孩今年几岁。听那母亲说十二岁时，翠翠忍不着笑了。那母女显然是财主人家的妻女，从神气上就可看出的。翠翠注视那女孩，发现了女孩子手上还带得有一副麻花铰的银手镯，闪着白白的亮光，心中有点儿爱慕。船傍岸后，人陆续的上了岸，妇人从身上摸出一铜子，塞到翠翠手中，就走了。翠翠当时竟忘了祖父的规矩了，也不说道谢，也不把钱退还，只望着这一行人中那个女孩子身后发痴，一行人正将翻过小山时，翠翠忽又忙匆匆的追上去，在山头上把钱还给那妇人。那妇人说："这是送你的！"翠翠不说什么，只微笑把头尽摇，且不等妇人来得及说第二句话，就很快的向自己渡船边跑去了。

到了渡船上，溪那边又有人喊过渡，翠翠把船又拉回去。第二次过渡是七个人，又有两个女孩子，也同样因为看龙船特意换了干净衣服，像貌却并不如何美观，因此使翠翠更不能忘记先前那一个。

今天过渡的人特别多，其中女孩子比平时更多，翠翠既在船上拉缆子摆渡，故见到什么好看的，极古怪的，人乖的，眼睛眶子红红的，莫不在记忆中留下个印象。无人过渡时，等着祖父祖父又不来，便尽只反复温习这些女孩子的神气。且轻轻的无所谓的唱着：

“白鸡关出老虎咬人，不咬别人，团总的小姐派第一。……大姐戴副金簪子，二姐戴副银钏子，只有我三妹莫得什么戴，耳朵上长年戴条豆芽菜。”

城中有人下乡的，在河街上一个酒店前面，曾见及那个撑渡船的老头子，把葫芦嘴推让给一个年青水手，请水手喝他新买的白烧酒，翠翠问及时，那城中人就告给她所见到的事情。翠翠笑祖父的慷慨不是时候，不是地方。过渡人走了，翠翠就在船上又轻轻的哼着巫师迎神的歌玩。

那首歌声音既极柔和，快乐中又带忧，歌调末尾说：

“福禄绵绵是神恩，

和风和雨神好心，

好酒好饭当前陈，

肥猪肥羊火上烹！

…… ……

洪秀全，李鸿章，

你们在生是霸王，

杀人放火尽节全忠各有道，

今来坐席又何妨！

…… ……

慢慢吃，慢慢喝，

月白风清好过河。

醉时携手同归去，

我当为你再唱歌！”

唱完了这歌，翠翠觉得心上有一丝儿凄凉。她想起秋末还愿时田坪中的火燎同鼓角。

远处鼓声已起来了，她知道绘有朱红长线的龙船这时节已下河了，细雨还依然落个不止，溪面一片烟。

九

祖父回家时，大约已将近平常吃早饭时节了，肩上手上皆是东西，一上小山头便喊翠翠，要翠翠拉船过小溪来迎接他。翠翠眼看到多少人皆进了城，正在船上急得莫可奈何，听到祖父的声音，神旺了，锐声答着：“爷爷，爷爷，我来了！”老船夫从码头边上了渡船后，把肩上手上的东西皆搁到船头上，一面帮着翠翠拉船，一面向翠翠笑着，如同一个小孩子，神气充满了谦虚与羞怯。“你急坏了，是不是？”翠翠本应埋怨祖父的，但她却回答说：“爷爷，我知道你在河街上劝人喝酒，好玩得很。”翠翠还知道祖父极高兴到河街上去玩，但如此说来，将更使祖父害羞乱嚷了，故不提出。

翠翠把搁在船头的东西一一估记在眼里，不见了酒葫芦。翠翠嗤的笑了。

“爷爷，你倒大方，请副爷同船上人吃酒，连葫芦也吃到肚里去了！”

祖父笑着：

“那里，那里，我那葫芦被顺顺大哥，扣下了，他见我在河街上请人喝酒，就说：‘喂，喂，摆渡的张横，这不成的。你不开糟坊，如何这样子。把你那个放下来，请我全喝了罢。’他当真那么说，‘请我全喝了罢。’我把葫芦放下了。但我猜想他是同我闹着玩的。他家里还少热酒吗? 翠翠, 你说, ……”

“爷爷, 你以为人家真想喝你的酒, 便是同你开玩笑吗? ”

“那是怎么的? ”

“你放心, 人家一定因为你请客不是地方, 故扣下你的葫芦, 等等就会为你送来的, 你还不明白, 真是! ——”

“唉, 当真会是这样的! ”

说着船已拢了岸, 翠翠抢先帮祖父搬东西, 但结果却只拿了那尾鱼, 那个花褡裢; 褡裢中钱已用光了, 却有一包白糖, 一包小饼子。

两人刚把新买的东西搬运到家中, 对溪就有人喊过渡, 祖父要翠翠看着肉菜免得被野猫拖去, 争着下溪去做事, 一会儿, 便同那个过渡人嚷着到家中来了。原来这人便是送酒葫芦的。只听到祖父说: “翠翠, 你猜对了。人家当真把酒葫芦送来了! ”

翠翠来不及向灶边走去, 祖父同一个年纪青青的脸黑肩膊宽的

人物，便进到屋里了。

翠翠同客人皆笑着，让祖父把话说下去。客人又望着翠翠笑，翠翠仿佛明白为什么被人望着，有点不好意思起来，走到灶边烧火去了。溪边又有人喊过渡，翠翠赶忙跑出门外船上去，把人渡过了溪。恰好又有人过溪。天虽落小雨，过渡人却分外多，一连三次。翠翠在船上一面作事一面想起祖父的趣处。不知怎么的，从城里被人打发来送酒葫芦的，她觉得好像是个熟人。可是眼睛里像是熟人，却不明白在什么地方见过面。但也正像是不肯把这人想到某方面去，方猜不着这来人的身分。

祖父在岩坎上边喊："翠翠，翠翠，你上来歇歇，陪陪客！"本来无人过渡便想上岸去烧火，但经祖父一喊，反而不上岸了。

来客问祖父"进不进城看船"，老渡船夫就说"应当看守渡船"。两人又谈了些别的话。到后来客方言归正传：

"伯伯，你翠翠像个大人了，长得很好看！"

撑渡船的笑了。"口气同哥哥一样，倒爽快呢。"这样想着，却那么说："二老，这地方配受人称赞的只有你，人家都说你好看！'八面山的豹子，地地溪的锦鸡，'全是特为颂扬你这个人好处的警句！"

"但是，这很不公平。"

"很公平的！我听船上人说，你上次押船，船到三门下面白鸡关滩出了事，从急浪中你援救过三个人。你们在滩上过夜，被村子里女人见着了，人家在你棚子边唱歌一夜，是不是真事？"

"不是女人唱歌一夜，是狼嗥。那地方著名多狼，只想得机会吃我们！"

老船夫笑了，"那更妙！人家说的话还是很对的。狼是只吃姑娘，吃小孩，吃标致青年，像我这种老骨头，它不会要的！"

那二老说："伯伯，你到这里见过两万个日头，别人家全说我们这个地方风水好，出大人，不知为什么原因，如今还不出大人？”

“你是不是说风水好应出有大名头的人？我以为这种人不生在我们这个小地方，也不碍事。我们有聪明，正直，勇敢，耐劳的年青人，就够了。像你们父子兄弟，为本地也增光！”

“伯伯，你说得好，我也是那么想。地方不出坏人出好人，如伯伯那么样子，人虽老了，还硬朗得同棵楠木树一样，稳稳当当的活到这块地面，又正经，又大方，难得的咧。”

“我是老骨头了，还说什么。日头，雨水，走长路，挑分量沉重的担子，大吃大喝，挨饿受寒，自己分上的皆拿过了，不久就会躺到这冰凉土地上喂蛆吃的。这世界有得是你们小伙子分上的一切，好好的干，日头不辜负你们，你们也莫辜负日头！”

“伯伯，看你那么勤快，我们年青人不敢辜负日头！”

说了一阵，二老想走了，老船夫便站到门口去喊叫翠翠，要她到屋里来烧水煮饭，掉换他自己看船。翠翠不肯上岸，客人却已下船了，翠翠把船拉动时，祖父故意装作埋怨神气说：

“翠翠，你不上来，难道要我在家里做媳妇煮饭吗？”

翠翠斜睨了客人一眼，见客人正盯着她，便把脸背过去，抿着嘴儿，不声不响很自负的拉着那条横缆，船慢慢拉过对岸了。客人站在船头同翠翠说话：

“翠翠，吃了饭，同你爷爷去看划船吧？”

翠翠不好意思不说话，便说：“爷爷说不去，去了无人守这个船！”

“你呢？”

“爷爷不去我也不去。”

“你也守船吗？”

“我陪我爷爷。”

“我要一个人来替你们守渡船，好不好？”

砰的一下船头已撞到岸边土坎上了，船拢岸了。二老向岸上一跃，站在斜坡上说：

“翠翠，难为你！…… 我回去就要人来替你们，你们快吃饭，一同到我家里去看船，今天人多咧。”

翠翠不明白这陌生人的好意，不懂得为什么一定要到他家中去看船，抿着小嘴笑笑，就把船拉回去了。到了家中一边溪岸后，只见那个人还正在对溪小山上。翠翠回转家中，到灶口边去烧火，一面把带点湿气的草塞进灶里去，一面向正在把客人带回的那一葫芦酒试着的祖父询问：

“爷爷，那人说回去就要人来替你，要我们两人去看船，你去不去？”

“你高兴去吗？”

“两人同去我高兴。那个人很好，我像认得他，他是谁？”

祖父心想：“这倒对了，人家也觉得你好！”祖父笑着说：“翠翠，你不记得你前年在大河边时，有个人说要让大鱼咬你吗？”

翠翠明白了，却仍然装不明白问：“他是谁？”

“顺顺船总家的二老，他认识你你不认识他啊！”他抿了一口酒，像赞美酒又像赞美另一个人，低低的说：“好的，妙的，这是难得的。”

过渡的人在门外坎下叫唤着，老祖父口中还是“好的，妙的，……”匆匆的下船做事去了。

十

吃饭时隔溪有人喊过渡，翠翠抢着下船，到了那边，方知道原来过渡的人，便是船总顺顺家派来作替手的水手，一见翠翠就说道：“二老要你们一吃了饭就去，他已下河了。”见了

祖父又说："二老要你们吃了饭就去，他已下河了。"

张耳听听，便可听出远处鼓声已较密，从鼓声里使人想到那些极狭的船，在长潭中笔直前进时，水面上画着如何美丽的长长的线路！

新来的人茶也不吃，便在船头站妥了，翠翠同祖父吃饭时，邀他喝一杯，只是摇头推辞。祖父说：

"翠翠，我不去，你同小狗去好不好？"

"要不去我也不想去！"

"我去呢？"

"我本来也不想去，但我愿意陪你去。"

祖父微笑着，"翠翠，翠翠，你陪我去，好的，你陪我去！"

…………

祖父同翠翠到城里大河边时河边早站满了人。细雨已经停止，地面还是湿湿的。祖父要翠翠过河街船总家吊脚楼上去看船，翠翠却以为站在河边较好。两人虽在河边站定，不多久，顺顺便派人把他们请去了。吊脚楼上已有了很多的人。早上过渡时，为翠翠所注意的乡绅妻女，受顺顺的款待，占据了两个最好窗口，一见到翠翠，那女孩子就说："你来，你来！"翠翠带着点儿羞怯走去，坐在他们身后，祖父便走开了。

祖父并不看龙船竞渡，却为一个熟人拉到河上游半里路远近，到一个新碾坊看水碾子去了。老船夫对于水碾子原来就极有兴味的。倚山滨水来一座小小茅屋，屋中有那么一个圆石片子，固定在一个横轴上，斜斜的搁在石槽里。当水闸门抽去时，流水冲激地下的暗轮，上面的石片便飞转起来。作主人的管理这个东西，把毛谷倒进石糟中去，把碾好的米弄出放在屋角隅筛子里，再筛去糠灰。地下全是糠灰，自己头上包著块白布帕子，头上肩上也全是糠灰。

天气好时就在碾坊前后隙地里种些萝卜青菜大蒜四季葱。水沟坏了，就把裤子脱去，到河里去堆砌石头修理泄水处。管理一个碾坊比管理一只渡船有趣味，一看也就明白了。但一个撑渡船的若想有座碾坊，那是不可能的妄想。凡碾坊照例是属于当地小财主的。那熟人把老船夫带到碾坊边时，就告给他这碾坊业主为谁。两人一面各处视察一面说话。

那熟人用脚踢着新碾盘说：

"中寨人自己坐在高山上，却欢喜来到这大河边置产业；这是中寨王团总的，大钱七百吊！"

老船夫转着那双小眼睛，很羡慕的去看一切，把头点着，且对于碾坊中物件一一加以很得体的批评。后来两人就坐到那还未完工的白木条凳上去，熟人又说到这碾坊的将来，似乎是团总女儿陪嫁的妆奁。那人于是想起了翠翠，且记起大老托过他的事情来了，便问道：

"伯伯，你翠翠今年十几岁？"

"十四岁。"老船夫说过这句话后，便接着在心中计算过去的年月。

"十四岁多能干！将来谁得她真有福气！"

"有什么福气？又无碾坊陪嫁，一个光人。"

"别说一个光人，两只手敌得五座碾坊！洛阳桥也是鲁般两只手造的！……"这样那样的说着，那人笑了。

老船夫也笑了，心想："翠翠将来也去造洛阳桥吧，新鲜事！"

那人过了一会又说：

"茶峒人年青男子眼睛光，选媳妇也极在行。伯伯，你若不多我的心时，我就说个笑话给你听。"

老船夫问："是什么笑话。"

那人说："伯伯你若不多心时，这笑话也可以当真话去听咧。"

接着说的下去就是顺顺家大老如何在人家赞美翠翠，且如何托他来探听老船夫口气那么一件事。末了同老船夫来转述另一回会话的情形。"我问他：'大老，大老，你是说真话还是说笑话？'他就说：'你为我去探听探听那老的，我欢喜翠翠，想要翠翠，是真话呀！'我说：'我这口钝得很，说出了口老的一巴掌打来呢？'他说：'你怕打，你先当笑话去说，不会挨打的！'所以，伯伯，我就把这件真事情当笑话来同你说了。你试想想，他初九从川东回来见我时，我应当如何回答他？"

老船夫记前一次大老亲口所说的话，知道大老的意思很真，且知道顺顺也欢喜翠翠，故心里很高兴。但这件事照规矩得这个人带封点心亲自到碧溪岨家中去说，方见得慎重其事，老船夫就说："等他来时你说：老家伙听过了笑话后，自己也说了个笑话，他说，'车是车路，马是马路，大老走的是车路，应当由大老爹爹作主，请了媒人来同我说。走的是马路，应当自己作主，站在渡口对溪高崖上，为翠翠唱三年六个月的歌。'"

"伯伯，若唱三年六个月的歌动得翠翠的心，我赶明天就自己来唱歌了。"

"你以为翠翠肯了我还会不肯吗？"

"不咧，人家以为你肯了翠翠便无有不肯呢。"

"不能那么说，这是她的事呵！"

"便是她的事，人家也仍然以为在日头月光下唱三年六个月的歌，还不如得伯伯说一句话好！"

"那么，我说，我们就这样办，等他从川东回来时要他同顺顺去说明白。我呢，我也先问问翠翠；若以为听了三年六个月的歌再跟那唱歌人走去有意思些，我就请你劝大老走他那弯弯曲曲的马路。”

“那好的。见了他我就说：‘笑话吗，我已说过了，真话呢，看你自己的命运去了。’当真看他的命运去了，不过我明白他的命运，还是在你老人家手上捏着的。”

“不是那么说！我若捏得定这件事，我马上就答应了。”

这里两人把话说妥后，就过另一处看一只顺顺新近买来的三舱船去了。河街上顺顺吊脚楼方面，却有了如下事情。

翠翠虽被那乡绅女孩喊到身边去坐，地位非常之好，从窗口望出去，河中一切朗然在望，然而心中可不安宁。挤在其他几个窗口看热闹的人，似乎皆常常把眼光从河中景物挪到这边几个人身上来。还有些人故意装成有别的事情样子，从楼这边走过那一边，事实上却全为得是好仔细看看翠翠这方面几个人。翠翠心中老不自在，只想藉故跑去。一会儿河下的炮声响了，几只从对河取齐的船只直向这方面划来。先是四条船皆相去不远，如四枝箭在水面射着，到了一半，已有两只船占先了些，再过一会子，那两只船中间便又有一只超过了并进的船只而前。看看船到了税局门前时，第二次炮声又响，那船便胜利了。这时节胜利的已判明属于河街人所划的一只，各处便皆响著庆祝的小鞭炮。那船于是沿了河街吊脚楼划去，鼓声蓬蓬作响，河边与吊脚楼各处，皆呐喊表示快乐的祝贺。翠翠眼见在船头站定摇动小旗指挥进退头上包著红布的那个年青人，便是送酒葫芦到碧溪岨的二老，心中便印着三年前的旧事，“大鱼吃掉你！”“吃掉不吃掉，不用你管！”“好的，我不管！”“狗，狗，你也看人叫！”想起狗，翠翠才注意到自己身边那只黄狗，已不知跑到什么地方去，便离了座位，在楼上各处找寻她的黄狗，把船头人忘掉了。

她一面在人丛里找寻黄狗，一面听人家正说些什么话。

一个大脸妇人问：“是谁家的人，坐到顺顺家当中窗口前的那块好地方？”

一个妇人就说：“是王乡绅大姑娘，今天说是自己来看船，其实来看人，同时也让人看！人家有本领坐那好地方！”

“看谁人？被谁看？”

“那乡绅想同顺顺成为一对亲家呢。”

“是大老，还是二老呢？”

“是二老呀，等等你们看这岳云，就会上楼来看他丈母娘的！”

另一个便插嘴说：“事弄同了，好得很呢，人家有一座崭新碾坊陪嫁，比十个长年还好一些。”

有人问：“二老怎么样？”

有人就轻轻的说：“二老已说过了，这不必看。第一件事我就不想作那个碾坊的主人！”

“你听岳云二老亲口说吗？”

“我听别人说的。还说二老欢喜一个撑渡船的。”

“他不要碾坊，要渡船吗？”

“那谁知道。横顺人是‘牛肉炒韭菜，只看各人心里爱什么就吃什么’渡船不会不如碾坊！”

当时各人眼睛对着河里，口中说着这些话，却无一个人回头来注意到身后边的翠翠。

翠翠脸发火烧走到另外一处去，又听有两个人提及这件事。且说：“一切早安排好了，只须要二老一句话。”又说：“只看二老今天那么一股劲儿，就可以猜想得出这劲儿是岸上一个黄花姑娘给他的！”

谁是激动二老的黄花姑娘？

翠翠人矮了些，在人背后已望不见河中情形，只听到敲鼓声渐近渐激越，岸上呐喊声自远而近，便知道二老的船正经过楼下。楼上人也大喊着，杂夹叫着二老的名字，乡绅太太那方面，且有人放小百子鞭炮。忽然又用另外一种惊讶声音喊着，且同时便见许多人出门向河下走去。翠翠不知出了什么事，心中有点迷乱，正不知走回原来座位边去好，还是依然站在人背后好。只见那边正有人拿了个托盘，装了一大盘粽子同细点心，在请乡绅太太小姐用点心，不好意思再过那边去，便想也挤出大门外到河下去看看。从河街一个盐店旁边甬道下河时，正在一排吊脚楼的梁柱间，迎面碰头一群人，拥着那个头包红布的二老来了。原来二老因失足落水，已从水中爬起来了。路太窄了一些，翠翠虽闪过一旁，仍然得肘子触着肘子。二老一见翠翠就说：

“翠翠，你来了，爷爷也来了吗？”

翠翠脸还发着烧不便作声，心想：“黄狗跑到什么地方去了呢？”

二老又说：

“怎不到我家楼上去看呢？我已要人替你弄了个好位子。”

翠翠心想：“碾坊陪嫁，希奇事情咧。”

二老不能逼迫翠翠回去，到后便各自走开了。翠翠到河下时，心中充满了一种说不分明的东西。是烦恼吧，不是！是忧愁吧，不是！是快乐吧，不，有什么事情使这个女孩子快乐呢？是生气了吧，——是的，她当真仿佛觉得自己是在生一个人的气。河边人太多了，码头边浅水中，船桅船篷上，以至于吊脚楼的柱子上，也莫不有人。翠翠自言自语说：“人那么多，有什么可看的？”先还以为可以在什么船上发现她的祖父，但搜寻了一阵，各处却无祖父的影子。她挤到水边去，一眼便看到了自己家中那条黄狗，同顺顺家一个长年，正在去岸数丈一只空船上看热闹。翠翠锐声叫喊，黄狗张着耳叶昂头四面一望，便猛的扑下水中，向翠翠方面泅来了。到了身边时狗身上已全是水，把水抖着且跳跃不已，翠翠便说“得了，你又不翻船，谁要你落水呢？”

翠翠同黄狗找祖父去，在河街上一个木行前恰好遇着了祖父。

老船夫说：“翠翠，我看了个好碾坊，碾盘是新的，水车是新的，屋上稻草也是新的！水坝管着一绺水，抽水闸时水车转得如蛇螺。”

翠翠带着点做作问：“是谁的？”

“是谁的？住在山上的王团总的。我听人说是那中寨人为女儿作嫁妆的东西，好不阔气，包工就是七百吊大制钱，还不管风车，不管家什！”

“谁讨那个人家的女儿？”

祖父望着翠翠干笑着，“翠翠，大鱼咬你，大鱼咬你。”

翠翠因为对于这件事心中有了个数目， 便仍然装着全不明白，只询问祖父，“爷爷，谁个人得到那个碾坊？”

“岳云二老！”祖父说了又自言自语的说，“有人羡慕二老得到碾坊，也有人羡慕碾坊得到二老！”

“谁羡慕呢，祖父？”

“我羡慕。”祖父说着便又笑了。

翠翠说：“爷爷，你醉了。”

“可是二老还称赞你长得美呢。”

翠翠说：“爷爷，你疯了。”

祖父说：“爷爷不醉不疯，…… 去，我们看他们放鸭子去。”他还想说，“二老捉得鸭子，一定又会送给我们的。”话不及说，二老来了，站在翠翠面前笑着。

于是三个人回到吊脚楼上去。

十一

有人带了礼物到碧溪岨，掌水码头的顺顺，当真请了媒人为儿子向渡船的认亲戚来了。老船夫慌慌张张把这个人渡过溪口，一同到家里去。翠翠正在屋门前剥豌豆，来了客并不如何注意。但一听到客人进门说“贺喜贺喜”，心中有事，不敢再蹲在屋门边，就装作追赶菜园地的鸡，拿了竹响篙唰唰的摇着，一面口中轻轻喝着，向屋后白塔跑去了。

来人说了些闲话，言归正传转述到顺顺的意见时，老船夫不知如何回答，只是很惊惶的搓著两只茧结的大手，且神气中则只像在说：

“那好的，那妙的，”其实这老头子却不曾说过一句话。

来人把话说完后，就问作祖父的意见怎么样。老船夫笑著把头点著说：“大老想走车路，这个很好。可是我得问问翠翠，看她自己主张怎么样。”来人被打发走后，祖父在船头叫翠翠下河边来说话。

翠翠拿了一簸箕豌豆下到溪边，上了船，娇娇的问他的祖父：“爷爷，你有什么事？”祖父笑著不说什么，只看翠翠。看了许久。翠翠坐到船头，低下头去剥豌豆，耳中听著远处竹篁里的黄鸟叫。翠翠想：“日子长咧，爷爷话也长了。”翠翠心跳著。

过了一会祖父说：“翠翠，翠翠，先前那个人来作什么，你知道不知道。”

翠翠说：“我不知道，”说后脸同颈脖全红了。

祖父看看那种情景，明白翠翠的心事了，便把眼睛向远处望去，在空雾里望见了十五年前翠翠的母亲，老船夫心中异常柔和了。轻轻的自言自语说：“每一只船总要有个码头，每一只雀儿得有个窠。”他同时想起那个可怜的母亲过去的事情，心中有了一点隐痛，却勉强笑著。

翠翠呢，正从山中黄鸟杜鹃叫声里，以及伐竹人咔咔一下一下的砍伐竹声音里，想到许多事情。老虎咬人的故事，与人对骂时四句头的山歌，造纸作坊中的方坑，熔铁炉里泄出的铁汁，耳朵听来的，眼睛看到的，她似乎皆去温习它。她其所以这样作，又似乎全只为了希望掉眼前的一桩事而起。但她实在有点误会了。

祖父说："翠翠，船总顺顺家里请人来为大老作媒，讨你作媳，问我愿不愿。我呢，人老了，再过三年两载会过去的，我没有不愿的事情。这是你自己的事，你自己想想，自己来说。愿意，就成了；不愿意，也好。"

翠翠弄明白了，人来做媒的大老，不曾把头抬起，心忡忡的跳着，脸烧得厉害，仍然剥她的豌豆，且随手把空豆荚抛到水中去，望着它们在流水中从从容容的流去，自己也俨然从容了许多。

见翠翠总不作声，祖父于是笑了，且说："翠翠，想几天不碍事。洛阳桥并不是一个晚上弄得好的，要日子咧。前次那人来的就向我说到这件事，我已经就告过他：车是车路，马是马路，想爸爸作主，请媒人正正经经来说是车路；要自己作主，站到对溪高崖竹林里为你唱三年六个月的歌是马路，—— 你若欢喜走马路，我相信人家会为你在日头下唱热情的歌，在月光下唱温柔的歌，一直唱到吐血喉咙烂！"

翠翠不作声，心中只想哭，可是也无理由可哭。祖父是再说下去，便引到死过了的母亲来了。说了一阵，沉默了。翠翠悄悄把头掻过一些，祖父眼中业已酿了一汪眼泪。翠翠又惊又怕怯生生的说："爷爷，你怎么的？"祖父不作声，用大手掌擦着眼睛，小孩子似的咕咕笑着，跳上岸跑回家中去了。

翠翠想赶去却不赶去。

雨后放晴的天气，日头炙到人肩上背上已有了点儿力量。溪边芦苇水杨柳，菜园中菜蔬，莫不繁荣滋茂，带着一分有野性的生气。草丛里绿色蚱蜢各处飞着，翅膀搏动空气时皆习习作声。枝头新蝉声音已渐渐宏大。两山深翠逼入竹篁中，有黄鸟与竹雀杜鹃鸣叫。翠翠感觉着，望着，听着，同时也思索着：

"爷爷今年七十岁 …… 三年六个月的歌 —— 谁送那只白鸭子

呢？……得碾子的好运运气，碾子得谁更是好运运气？……”

痴着，忽地站起，半簸箕豌豆便倾倒到水中去了。伸手把那簸箕从水中捞起时，隔溪有人喊过渡。

十二

翠翠第二天第二次在白塔下菜园地里，被祖父询问到自己主张时，仍然心儿憧憧的跳着，把头低下不作理会，只顾用手去掏葱。祖父笑着，心想：“还是等等看，再说下去这一坪葱会全掏掉了。”同时似乎又觉得这其间有点古怪处，不好再说下去，便自己按捺到言语，用一个做作的笑话，把问题引到另外一件事情上去了。

天气渐渐的越来越热了。近六月时，天气热了些，老船夫把一个满是灰尘的黑缸子，从屋角隅里搬出，自己还匀出闲工夫，拼了几方木板，作成一个圆盖，锯木头作成一个架子，且削刮了个大竹筒，用葛藤系定，放在缸边作为舀茶的家具。自从这茶缸移到屋门溪边后，每早上翠翠就烧一大锅开水，倒进那缸子里去。有时缸里加些茶叶，有时却只放下一些用火烧焦的锅巴，乘那东西还燃着时便抛进缸里去。老船夫且照例准备了些发痧肚痛治疱疮疡子的草根木皮，把这些药搁在家中当眼处，一见过渡人神气不对，就忙匆匆的把药取来，善意的勒迫这过路人使用他的药方，且告人这许多救急丹方的来源（这些丹方自然全是他从城中军医同巫师学来的。）他终日裸着两只膀子，在溪中方头船上站定，头上还常常是光光的，一头短短白发，在日光下如银子。翠翠依然是个快乐人，屋前屋后跑着唱着，不走动时就坐在门前高崖树荫下，吹小竹管儿玩。爷爷仿佛把大老提婚的事早已忘掉，翠翠自然也早忘掉这件事情了。

可是那做媒的不久又来探口气了，依然是同从前一样，祖父把事情成否全推到翠翠身上去，打发了媒人上路。回头又同翠翠谈了一次，也依然不得结果。

老船夫猜不透这事情在这什么方面有个疙瘩，解除不去，夜里躺在床上便常常陷入一种沉思里去，隐隐约约体会到一件事情，便是…… 想到了这里时，他笑了，为了害怕而勉强笑了。其实他有点忧愁，因为他忽然觉得翠翠一切全像那个母亲，而且隐隐约约便感觉到这母女二人共通的命运。一堆过去的事情蜂拥而来，不能再睡下去了，一个人便跑出门外，到那临溪高崖上去，望天上的星辰，听河边纺织娘以及一切虫类如雨的声音，许久许久还不睡觉。

这件事翠翠是毫不注意的，这小女孩子日里尽管玩着，工作着，也同时为一些很神秘的东西驰骋她那颗心，但一到夜里，却甜甜的睡眠了。

不过一切皆得在一份时间中变化。这一家安静平凡的生活，也因了一堆接连而来的日子，在人事上把那安静空气完全打破了。

船总顺顺家中一方面，则天保大老的事已被二老知道了，傩送二老同时也让他哥哥知道了弟弟的心事。这一对难兄难弟原来皆爱上了那个撑渡船的外孙女。这事情在茶峒人并不希奇，茶峒人的俗话说：“火是各处可烧的，水是各处可流的，日月是各处可照的，爱情是各处可到的。”有钱船总儿子，爱上一个弄渡船的穷人家女儿，不能成为希罕的新闻，有一点困难处，只是这两兄弟到了谁应取得这个女人作媳妇时，是不是也还得照茶峒人规矩，来一次流血的挣扎？

兄弟两人在这方面是不至于动刀的，但也不作兴有“情人奉让”如大都市懦怯男子爱与仇对面时作出的可笑行为。

那哥哥同弟弟在河上游一个造船的地方看他家中那一只新船，在新船旁把一切心事全告给了弟弟，且附带说明，这点爱还是两年前植下根基的。弟弟微笑着，把话听下去。两人从造船处沿了河岸又走到王乡绅新碾坊去，那大哥就说：

"二老，你倒好，有座碾坊，我呢，若把事情弄好了，我应当划渡船了。我欢喜这个事情，我还想把碧溪岨两个山头买过来在界线上种大南竹，围著这一条小溪作为我的砦子！"

那二老仍然的听着，把手中拿的一把弯月形镰刀随意斫削路旁的草木，到了碾坊时，却站住了向他哥哥说：

"大老，你信不信这女子心上早已有了个人？"

"我不信。"

"大老，你信不信这碾坊将来归我？"

"我不信。"

两人进了碾坊。

二老说："你不必——大老，我再问你假若我不想得这座碾坊，却打量要那只渡船，而且这念头还三年前的事你信不信呢？"

那大哥真着了一惊，望了一下坐在碾盘横轴上的傩送二老，知道二老不是说谎，于是站近了一点，伸手在二老肩上拍打了一下，且想把二老拉下来。他明白了这件事，他笑了。他说，"我相信的，你说的是真话！"

二老把眼睛望着他的哥哥，很诚实的说：

"大老，相信我，这是真事。我早就那么打算到了。家中不答应，那边若答应了，我当真预备去弄渡船的！——你告我，你呢？"

"爸爸已听了我的话，为我要城里的杨马兵做保山，向划渡船说亲去了！"大老说到这个求亲手续时，好像知道二老要笑他，又解释要保山去的用意，只是"因为老的说车有车路，马有马路，我就走了车路。"

"结果呢？"

"得不到什么结果。"

“马路呢？”

“马路呢，那老的说若走马路，得在碧溪岨对溪高崖上唱三年六个月的歌。”

“这并不是个坏主张！”

“是呀，一个结巴人话说不出还唱得出。可是这件事轮不到我了。我不是竹雀，不会唱歌。鬼知道那老的存心是要把孙女儿嫁个会唱歌的水车，还是预备规规矩矩嫁个人！”

“那你怎么样？”

“我想告那老的，要他说句实在话。只一句话。不成，我跟船下桃源去了；成呢，便是要我撑渡船，我也答应了他。”

“唱歌呢？”

“这是你的拿手好戏，你要去做竹雀你就去吧，我不会捡马粪塞你嘴巴的。”

二老看到哥哥那种样子，便知道为这件事哥哥感到的是一种如何烦恼了。他明白他哥哥的性情，代表了茶峒人粗卤爽直一面，弄得好，掏出心子来给人也很慷慨作去，弄不好，亲舅舅也必一是一二是二。大老何尝不想在车路上失败时走马路；但他一听到二老的坦白陈述后，他就知道马路只二老有分，他自己的事不能提了。因此他有点气恼，有点愤慨，自然是无从掩饰的。

二老想出了个主意，就是两兄弟月夜里同到碧溪岨去唱歌，莫让人知道是弟兄两个，两人轮流唱下去，谁得到回答，谁便继续用那张唱歌胜利的嘴唇，服侍那划渡船的外孙女。大老不善于唱歌，轮到大老时也仍然由二老代替。两人凭命运来决定自己的幸福，这么办可说是极公平了。提议时，那大老还以为他自己不会唱，也不想请二老替他作竹雀。但二老那种诗人性格，却使他很固持的要哥哥实行这个办法。二老说必需这样作，一切方公平一点。

大老把弟弟提议想想，作了一个苦笑。“×娘的，自己不是竹雀，还请老弟做竹雀？好，就是这样子，我们各人轮流唱，我也不要你帮忙，一切我自己来吧。树林子里的猫头鹰，声音不动听，要老婆时，也仍然是自己叫下去，不请人帮忙的！”

两人把事情说妥当后，算算日子，今天十四，明天十五，后天十六，接连而来的三个日子，正是有大月亮天气。气候既到了中夏，半夜里不冷不热，穿了白家机布汗褂，到那些月光照及的高崖上去，遵照当地的习惯，很诚实与坦白去为一个“初生之犊”的黄花女唱歌。露水降了，歌声涩了，到应当回家了时，就趁残月赶回家去。或过那些熟识的整夜工作不息的碾坊里去，躺到温暖的谷仓里小睡，等候天明。一切安排皆极其自然，结果是什么，两人虽不明白，但也看得极其自然。两人便决定了从当夜起始，来作这种为当地习惯所认可的竞争。

十三

黄昏来时翠翠坐在家中屋后白塔下，看天空为夕阳烘成桃花色的薄云。十四中寨逢场，城中生意人过中寨收买山货的很多，过渡人也特别多，祖父在渡船上，忙个不息。天快夜了，别的雀子皆似乎在休息了，只杜鹃叫个不息。石头泥土为白日晒了一整天，草木为白日晒了一整天，到这时节皆放散一种热气。空气中有泥土气味，有草木气味，且有甲虫类气味。翠翠看着天上的红云，听着渡口飘乡生意人的杂乱声音，心中有些儿薄薄的凄凉。

黄昏照样的温柔，美丽，平静。但一个人若体念到这个当前一切时，也就照样的在这黄昏中会有点儿薄薄的凄凉。于是，这日子成为痛苦的东西了。翠翠觉得好像缺少了什么。好像眼见到这个日子过去了，想在一件新的人事上攀住它，但不成。好像生活太平凡了，忍受不住。

“我要坐船下桃源县过洞庭湖，让爷爷满城打锣去叫我，点了灯笼火把去找我。”

她便同祖父故意生气似的，很放肆的去想到这样一件事，她且想象祖父用各种方法寻觅她皆无结果，到后如何躺在渡船上。

“人家喊，‘过渡，过渡，老伯伯，你怎么的！’‘怎么的！翠翠走了，下桃源县了！’‘那你怎的？’‘怎么的吗？拿了把刀，放在包袱里，搭下水船去杀了她！’……”

翠翠仿佛当真听着这种对话，吓怕起来了，一面锐声喊着她的祖父，一面从坎上跑向溪边渡口去。见到了祖父正把船拉在溪中心，船上人喁喁说着话，小小心子还依然跳跃不已。

“爷爷，爷爷，你拉回来呀！”

那老船夫不明白她的意思，还以为是翠翠要为他代劳了，就说：

“翠翠，等一等，我就回来！”

“你不拉回来了吗？”

“我就回来！”

翠翠坐在溪边，望着溪面为暮色所笼罩的一切，且望到那只渡船上一群过渡人，其中有个吸旱烟的打着火镰吸烟，且把烟杆在船边剥剥的敲着烟灰，忽然哭起来了。

祖父把船拉回来时，见翠翠痴痴的坐在岸边，问她是什么事，翠翠不作声。祖父要她去烧火煮饭，想了一会儿，觉得自己哭得可笑，一个人便回到屋中去。坐在黑黝黝的灶边把火烧燃后，她又走到门外高崖上去，喊叫她的祖父，要他回家里来，在职务上毫不儿戏的老船夫，因为明白过渡人皆是赶回城中吃晚饭的人，来一个就渡一个，不便要人站在那岸边呆等，故不上岸来。只站在船头告翠翠，且让他做点事，把人渡完事后，就会回家里来吃饭。

翠翠第二次请求祖父祖父不理会，她坐在悬崖上，很觉得悲伤。

天夜了，有一匹大萤火虫尾上闪着蓝光，很迅速的从翠翠身旁飞过去，翠翠想，“看你飞得多远！”便把眼睛随着那萤火虫的明光追去。杜鹃又叫了。

“爷爷，为什么不上来？我要你！”

在船上的祖父听到这种带着娇有点儿埋怨的声音，一面粗声粗气的答道：“翠翠，我就来，我就来！”一面心中却自言自语：“翠翠，爷爷不在了，你将怎么样？”

老船夫回到家中时，见家中还黑黝黝的，只灶间有火光，见翠翠坐在灶边矮条凳上，用手蒙着眼睛。

走过去才晓得翠翠已哭了许久。祖父一个下半天来，皆弯着个腰在船上拉来拉去，歇歇时手也酸了，腰也酸了，照规矩，一到家里就会嗅到锅中所焖瓜菜的味道，且可见到翠翠安排晚饭在灯光下跑来跑去的影子。

祖父说：“翠翠，我来慢了，你就哭，这还成吗？我死了呢？”

翠翠不作声。

祖父又说：“不许哭，做一个大人，不管有什么事皆不许哭，要硬扎一点，结实一点，方配活到这块土地上！”

翠翠把手从眼睛边移开，靠近了祖父身边去，“我不哭了。”

两人作饭时，祖父为翠翠说到一些有趣味的故事。因此提到了死去了的翠翠的母亲。两人在豆油灯下把饭吃过后，老船夫因为工作疲倦，喝了半碗白酒，故饭后兴致极好，又同翠翠到门外高崖上月光下去说故事。说了些那个可怜母亲的乖巧处，同时且说到那可怜母亲性格强硬处，使翠翠听来神往倾心。

翠翠抱膝坐在月光下，傍着祖父身边，问了许多关于那个可怜母亲的故事。间或吁一口气，似乎心中压上了些分量沉重的东西，想挪移得远一点，才吁着这种气，可是却无从把那东西挪开。

月光如银子，无处不可照及，山上篁竹在月光下皆成为黑色。身边虫声繁密如落雨。间或不知道从什么地方，忽然会有一只草莺“㗘落㗘落㗘落嘘！”啭着她的喉咙，不久之间，这小鸟儿又好像明白这是半夜，便仍然闭着那小小眼儿安睡了。

祖父夜来兴致很好，为翠翠把故事说下去，就提到了本城人二十年前唱歌的风气，如何驰名于川黔边地。翠翠的父亲，便是唱歌的第一手，能用各种比喻解释爱与憎的结子，这些事也说到了。翠翠母亲如何爱唱歌，且如何同父亲在未认识以前在白日里对歌，一个在半山上竹篁里砍竹子，一个在溪面渡船上拉船，这些事也说到了。

翠翠问：“后来怎么样？”

祖父说：“后来的事长得很，最重要的事情，就是这种歌唱出了你。”

十四

老船夫做事累了睡了，翠翠哭倦了也睡了。翠翠不能忘记祖父所说的事情，梦中灵魂为一种美妙歌声浮起来了，仿佛轻轻的各处飘着，上了白塔，下了菜园，到了船上，又复飞窜过悬崖半腰——去作什么呢？摘虎耳草！白日里拉船时，她仰头望着崖上那些肥大虎耳草已极熟习。

一切皆像是祖父说的故事，翠翠只迷迷胡胡的躺在粗麻布帐子里草荐上，以为这梦做得顶美顶甜。祖父却在床上醒着张起个耳朵听对溪高崖上大唱了半夜的歌。他知道那是谁唱的，他知道是河街上天保大老走马路的第一著，又忧愁又快乐的听下去。翠翠因为日里哭倦了，睡得正好，他就不去惊动她。

第二天，天一亮翠翠就同祖父起身了，用溪水洗了脸，把早上说梦的忌讳去掉了，翠翠赶忙同祖父去说昨晚上所梦的事情。

“爷爷，你说唱歌，我昨天就在梦里听到一种歌声，又软又缠绵，我像跟了这声音各处飞，飞到对溪悬崖半腰，摘了一大把虎耳草，得到了虎耳草，我可不知道把这个东西交给谁去了。我睡得真好，梦的真有趣！”

祖父温和悲悯的笑着，并不告给翠翠昨晚上的事实。

祖父心里想：“做梦一辈子更好，还有人在梦里作宰相咧。”

昨晚上唱歌的，老船夫还以为是天保大老，日来便要翠翠守船，藉故到城里去送药，在河街见到了大老，就一把拉住那小伙子，很快乐的说：

“大老，你这个人，又走车路又走马路，是怎样一个狡猾东西！”

但老船夫却作错了一件事情，把昨晚唱歌人“张冠李戴”了。这两弟兄昨晚上同时到碧溪岨去，为了作哥哥的走车路占了先，无论如何也不肯先开腔唱歌，一定得让那弟弟先唱。弟弟一开口，哥哥却因为明知不是敌手，更不能开口了。翠翠同她祖父晚上听到的歌声，便全是那个傩送二老所唱的。大老伴弟弟回家时，就决定了同茶峒地方离开，驾家中那只新油船下驶，好忘却了上面的一切。这时正想下河去看新船装货。老船夫见他冷冷的，不明白他的意思，就用眉眼做了一个可笑的记号，表示他明白大老的冷淡是装成的，表示他有消息可以奉告。

他拍了大老一下，轻轻的说：

“你唱得很好，别人在梦里听着你那个歌，为那个歌带得很远，走了不少的路！”

大老望着弄渡船的老船夫涎皮的老脸，轻轻的说：

“算了吧，你把宝贝女儿送给了竹雀吧。”

这句话使老船夫完全弄不明白它的意思。大老从一个吊脚楼甬道走下河去了，老船夫也跟着下去，到了河边，见那只新船正在装货，许多油篓子搁到岸边，一个水手正在用茅草扎成长束，备作船舷上挡浪用的茅把，还有人在河边用脂油擦桨板。老船夫问那个坐在大太阳下扎茅把的水手，这船什么日子下行，谁押船。那水手把手指着大老。老船夫搓着手说：

“大老，听我说句正经话，你那件事走车路，不对；走马路，你有分的！”

那大老把手指着窗口说：“伯伯，你看那边，你要竹雀做孙女婿，竹雀在那里啊！”

老船夫抬头望到二老，正在窗口整理一个鱼网。

回碧溪岨到渡船上时，翠翠问：

“爷爷，你同谁吵了架，面色那样难看！”

祖父莞尔而笑，他到城里的事情，不告给翠翠一个字。

十五

大老坐了那只新油船向下河走去了，留下傩送二老在家。老船夫方面还以为上次歌声既归二老唱的，在此后几个日子里，自然还会听到那种歌声。一到了晚间就故意从别样事情上，促翠翠注意夜晚的歌声。两人吃完饭坐在屋里，因屋前滨水，长脚蚊子一到黄昏就嗡嗡的叫着，翠翠便把蒿艾束成的烟包点燃，向屋中角隅各处晃着驱逐蚊子。晃了一阵，估计全屋子里皆为蒿艾烟气熏透了，方搁到床前地上去，再坐在小板凳上来听祖父说话。从一些故事上慢慢的谈到了唱歌，祖父话说得很妙。祖父到后发问道：

"翠翠，梦里的歌可以使你爬上高崖去摘那虎耳草，若当真有谁来在对溪高崖上为你唱歌，你怎么样？"祖父把话当笑话说着的。

翠翠便也当笑话答道："有人唱歌我就听下去，他唱多久我也听多久！"

"唱三年六个月呢？"

"唱得好听，我听三年六个月。"

"这不公平吧。"

"怎么不公平？为我唱歌的人，不是极愿意我长远听他的歌吗？"

"照理说：炒菜要人吃，唱歌要人听。可是人家为你唱，是要你懂他歌中的意思！"

"爷爷，懂歌里什么意思？"

"自然是他那颗想同你要好的真心！不懂那点心事，不是同听竹雀唱歌一样了吗？"

“我懂了他的心又怎么样？”

祖父用拳头把自己腿重重的捶着，且笑着：“翠翠，你人乖，爷爷笨得很，话也不说得温柔，莫生气。我信口开河，说个笑话给你听。应当当笑话听。河街天保大老走车路，请保山来提亲，我告给过你这件事了，你那神气不愿意，是不是？可是，假若那个人还有个兄弟，走马路，为你来唱歌，向你求婚，你将怎么说？”

翠翠吃了一惊，低下头去。因为她不明白这笑话有几分真，又不清楚这笑话是谁诌的。

翠翠便微笑着轻轻的带点儿恳求的神气说：

“爷爷莫说这个笑话吧。”翠翠站起身了。

“我说的若是真话呢？”

“爷爷你真是个……”翠翠说着走出去了。

祖父说：“我说的是笑话，你生我的气吗？”

翠翠不敢生祖父的气，走近门限边时，就把话引到另外一件事情上去：“爷爷看天上的月亮，那么大！”说着，出了屋外，便在那一派清光的露天中站定。站了一忽儿，祖父也从屋中出到外边来了。翠翠于是坐到那白日里为强烈阳光晒热的岩石上去，石头正散发日间所储的余热。祖父就说：

“翠翠，莫坐热石头，免得生坐板疮。”

但自己用手摸摸后，自己便也坐到那岩石上了。

月光极其柔和，溪面浮着一层薄薄白雾，这时节对溪若有人唱歌，隔溪应和，实在太美丽了。翠翠还记着先前祖父说的笑话。耳朵又不聋，祖父的话说得极分明，一个兄弟走马路，唱歌来打发这样的晚上，算是怎么回事？她似乎为了等着这样的歌声，沉默了许久。

她在月光下坐了一阵，心里却当真愿意听一个人来唱歌。久之，对溪除了一片草虫的清音复奏以外别无所有。翠翠走回家里去，在房门边摸着了那个芦管，拿出来在月光下自己吹着。觉吹得不好，又递给祖父要祖父吹。老船夫把那个芦管竖在嘴边，吹了个长长的曲子，翠翠的心被吹柔软了。

翠翠依傍祖父坐着，问祖父：

“爷爷，谁是第一个做这个小管子的人？”

“一定是个最快乐的人作的，因为他分给人的也是许多快乐；可又像是个最不快乐的人作的，因为他同时也可以引起人不快乐！”

“爷爷，你不快乐了吗？生我的气了吗？”

“我不生你的气。你在我身边，我很快乐。”

“我万一跑了呢？”

“你不会离开爷爷的。”

“万一有这种事，爷爷你怎么样？”

“万一有这种事，我就驾了这只渡船去找你。”

翠翠嗤的笑了。“凤滩茨滩不为凶，下面还有绕鸡笼；绕鸡笼也容易下，青浪滩浪如屋大。爷爷你渡船也能下凤滩茨滩青浪滩吗？那些地方的水，你不说过像疯子吗？”

祖父说：“翠翠，我到那时可真像疯子，还怕大水大浪？”

翠翠俨然极认真的想了一下，就说：“爷爷，我一定不走。可是，你会不会走？你会不会被一个人抓到别处去？”

祖父不作声了，他想到被死亡抓走那一类事情。

老船夫打量着自己被死亡抓走以后的情形，痴痴的看望天南角上一颗星子，心想：“七月八月天上方有流星，人也会在七月八月死去吧？”又想起白日在河街上同大老谈话的经过，想起中寨人陪嫁的那座碾坊，想起二老！想起一大堆事情，心中有点儿乱。

翠翠忽然说：“爷爷，你唱个歌给我听听，好不好？”

祖父唱了十个歌，翠翠傍在祖父身边，闭着眼睛听下去，等到祖父不作声时，翠翠自言自语说："我又摘了一把虎耳草了。"

祖父所唱的歌便是那晚上听来的歌。

十六

二老有机会唱歌却从此不再到碧溪岨唱歌。十五过去了，十六也过去了，到了十七，老船夫忍不住了，进城往河街去找寻那个年青小伙子，到城门边正预备入河街时，就遇着上次为大老作保山的杨马兵，正牵了一匹骡马预备出城，一见老船夫，就拉住了他：

"伯伯，我正有事情告你，碰巧你就来城里！"

"什么事？"

"天保大老坐下水船到茨滩出了事，闪不知这个人掉到滩下漩水里就淹坏了。早上顺顺家里得到这个信，听说二老一早就赶去了。"

这消息同有力巴掌一样重重的掴了他那么一下，他不相信这是当真的消息。他故作从容的说：

"天保大老淹坏了吗？从

不闻有水鸭子被水淹坏的！”

“可是那只水鸭子仍然有那么一次被淹坏了……。我赞成你的卓见，不让那小子走车路十分顺手。”

从马兵言语上，老船夫还十分怀疑这个新闻，但从马兵神气上注意，老船夫却看清楚这是个真的消息了。他惨惨的说：

“我有什么卓见可言？这是天意！……”老船夫说时心中充满了感情。

特为证明那马兵所说的话，有多少可靠处，老船夫同马兵分手后，于是匆匆赶到河街上去。到了顺顺家门前，正有人烧纸钱，许多人围在一处说话。搀加进去听听，所说的便是杨马兵提到的那件事。但一到有人发现了身后的老船夫时，大家便把话语转了方向，故意来谈下河油价涨落情形了。老船夫心中很不安，正想找一个比较要好的水手谈谈。

一会船总顺顺从外面回来了，样子沉沉的，这豪爽正直的中年人，正似乎为不幸打倒，努力想挣扎爬起的神气，一见到老船夫就说：

“老伯伯，我们谈的那件事情吹了吧。天保大老已经坏了，你知道了吧？”

老船夫两只眼睛红红的，把手搓着，“怎么的，这是真事！是昨天，是前天？”

另一个像是赶路同来报信的，插嘴说道：“十六中上，船搁到石包子上，船头进了水，大老想把篙撇着，人就弹到水中去了。”

老船夫说：“你眼见他下水吗？”

“我还与他同时下水！”

“他说什么？”

“什么都来不及说！这几天来他都不说话！”

老船夫把头摇摇，向顺顺那么溜了一眼。船总顺顺像知道他心中不安处，就说：“伯伯，一切是天，算了吧。我这里有大兴场人送来的好烧酒，你拿一点去喝罢。”一个伙计用竹筒上了一筒酒，用新桐木叶蒙著筒口，交给了老船夫。

老船夫把酒拿走，到了河街后，低头向河码头走去，到河边天保大前天上船处去看看。杨马兵还在那里放马到沙地上打滚，自己坐在柳树荫下乘凉。老船夫就走过去请马兵试试那大兴场的烧酒，两人兴致似乎皆好些了，老船夫告给杨马兵，十四夜里二老两兄过碧溪岨唱歌那件事情。

那马兵听到后便说：

“伯伯，你是不是以为翠翠愿意二老应该派归二老……”

话没说完，傩送二老却从河街下来了。这年青人正像要远行的样子，一见了老船夫就回头走去。杨马兵就喊他说：“二老，二老，你来，有话同你说呀！”

二老站定了，问马兵“有什么话说”。马兵望望老船夫，就向二老说：“你来，有话说！”

“什么话？”

“我听人说你已经走了，——你过来我同你说，我不会吃掉你！”

那黑脸宽肩膊，样子虎虎有生气的傩送二老，勉强似的笑着，到了柳荫下时，老船夫指著河上游远处那座新碾坊说：“二老，听人说那碾坊将来是归你的！归了你，派我来守碾子，行不行？”

二老仿佛听不惯这个询问的用意，便不作声。杨马兵看风头有点儿僵，便说：“二老，你怎么的，预备下去吗？”那年青人把头点点，就走开了。

老船夫讨了个没趣，赶回碧溪岨去，到了渡船上时，就装作把事情看得极随便似的，告给翠翠。

“翠翠，城里出了件新鲜事情，天保大老驾油船下辰州，掉到茨滩淹坏了。”

翠翠因为听不懂，对于这个报告最先好像全不在意。祖父又说：

“翠翠，这是真事。上次来到这里做保山的杨马兵，还说我早不答应亲事极有见识！”

翠翠瞥了祖父一眼，见他眼睛红红的，知道他喝了酒，且有了点事情不高兴，心中想：“谁撩你生气？”船到家边时，祖父不自然的笑着向家中走去。翠翠守船，半天不闻祖父声息，赶回家去看看，见祖父正坐在门槛上编草鞋耳子。

翠翠见祖父神气极不对，就蹲到他身前去。

“爷爷，你怎么的？”

“天保当真死了！二老生了我们的气，以为他家中出这件事情，是我们分派的！”

有人在溪边大声喊渡船过渡，祖父匆匆出去了。翠翠坐在那屋角隅稻草上，心中极乱，等等还不见祖父回来，就哭起来了。

十七

祖父似乎生谁的气，脸上笑容减少了，对于翠翠方面也不大注意了。翠翠像知道祖父已不很疼她，但又像不明白它的原因。但这并不是很久的事，日子一过去，也就好了。两人仍然划船过日子，一切依旧，惟对于生活，却仿佛什么地方有了个看不见的缺口，无法填补起来。祖父过河街去仍然可以得到船总顺顺的款待，但很明显的事，那船总却并不忘掉死去者死亡的原因。二老出北河下辰州走了六百里，沿河找寻那个可怜哥哥的尸骸，毫无结果，在各处税关上贴下招字，返回茶峒来了。过不久，他又过川东去办货，过渡时见到老船夫。老船夫看看那小伙子，好像已完全忘掉了从前的事情，就同他说话。

“二老，大六月日头毒人，又上川东去？”

“要饭吃，头上是火也得上路！”

“要吃饭！二老家还少饭吃！”

“有饭吃，爹爹说年青人也不应该在家中白吃不作事！”

“你爹爹好吗？”

“吃得做得，有什么不好。”

“你哥哥坏了，我看你爹爹为这件事情也好像萎悴多了！”

二老听到这句话，不作声了，眼睛望着老船夫屋后那个白塔。他似乎想起了过去那个晚上，那件旧事，心中十分惆怅。

老船夫怯怯的望了年青人一眼，一个微笑在脸上漾开。

“二老，我家里翠翠说，五月里有天晚上，做了个梦，……”说时他又望望二老，见二老并不惊讶，也不厌烦，又接著说，“她梦得古怪，说在梦中被一个人的歌声浮起来，上悬岩摘了一把虎耳草！”

二老把头偏过一旁去作了一个苦笑，心中想到“老头子倒会做作。”这点意思在那个苦笑上，仿佛同样泄露出来，仍然被老船夫看到了，老船夫就说：“二老，你不信吗？”

那年青人说：“我怎么不相信？因为我做傻子在那边岩上唱过一晚的歌！”

老船夫被一句料想不到的老实话窘住了，口中结结巴巴的说：“这是真的……这是假的……”

老船夫的做作处，原意只是想把事情弄明白一点，但一起始自己叙述这段事情时，方法上就有了错处，故反而被二老误会了。他这时正想把那夜的情形好好说出来，船已到了岸边。二老一跃上了岸，就想走去。老船夫在船上显得有点忙乱的样子说：

“二老，二老，你等等我有话同你说，你先前不是说到那个——你做傻子的事情吗？你并不傻，别人方当真为你那歌弄成傻像！”

那年青人虽站定了，口中却轻轻的说：“得了够了，不要说了。”

老船夫说：“二老，我听人说你不要碾子要渡船，这是杨马兵说的，不是真的吧？”

那年青人说：“要渡船又怎样？”

老船夫看看二老的神气，心中忽然高兴起来了，就情不自禁的高声叫着翠翠，要她下溪边来。不知翠翠是故意不从屋里出来，是到别处去了，许久还不见到翠翠的影子，也不闻这个女孩子的声音。二老等了一会看看老船夫那副神气，一句话不说，便微笑着，大踏步同一个挑担粉条白糖货物的脚夫走去了。

过了碧溪岨小山，两人应沿着一条曲曲折折的竹林走去，那个脚夫这时节开了口：

“傩送二老，看那弄渡船的神气，很欢喜你！”

二老不作声，那人就又说道：

“二老，他问你要碾坊还是要渡船，你当真预备做他的孙女婿，接替他那只渡船吗？”

二老笑了，那人又说：

“二老，若这件事派给我，我要那座碾坊。一座碾坊的出息，每天可收七升米，三斗糠。”

二老说：“我回来时向我爹爹去说，为你向中寨人做媒，让你得到这座碾坊吧。至于我呢，我想弄渡船是很好的。只是老家伙坏，大老是他弄死的。”

老船夫见二老那么走去了，翠翠还不出来，心中很不快乐。走回家去看看，原来翠翠并不在家。过一会，翠翠提了个篮子从小山后回来了，方知道大清早翠翠已出门掘竹鞭笋去了。

“翠翠，我喊了你好久，你不听到！”

“做什么？”

“一个过渡，…… 一个熟人，我们谈起你，…… 我喊你你可不答应！”

“是谁？”

“你猜，翠翠。不是陌生人，……你认识他！”

翠翠想起适间从竹林里无意中听来的话，脸红了，半天不说话。

老船夫问：“翠翠，你得了多少鞭笥？”

翠翠把竹篮向地下一倒，除了十来根小小鞭笥外，只是一把大的虎耳草。

老船夫望了翠翠一眼，翠翠两颊绯红跑了。

十八

日子平平的过了一个月，一切人心上的病痛，似乎皆在那么份长长的白日下医治好了。天气特别热，各人皆只忙着流汗，用凉水淘江米酒吃，不用什么心事，心事在人生活中，也就留不住了。翠翠每天皆到白塔下背太阳的一面去午睡，高处既极凉快，两山竹篁里叫得使人发松的竹雀，与其它鸟类，又如此之多，致使她在睡梦里尽为山鸟歌声所浮着，做的梦也便常是顶荒唐的梦。

这不是人的罪过。诗人们会在一件小事上写出一整本整部的诗，雕刻家在一块石头上雕得出骨血如生的人像，画家一撇儿绿，一撇儿红，一撇儿灰，画得出一幅一幅带有魔力的彩画，谁不是为了惦着一个微笑的影子，或是一个皱眉的记号，方弄出那么些古怪成绩？翠翠不能用文字，不能用石头，不能用颜色，把那点心头上的爱憎移到别一件东西上去，却只让她的心，在一切顶荒唐事情上驰骋。她从这分隐秘里，常常得到又惊又喜的兴奋。一点儿不可知的未来，摇撼她的极厉害，她无从完全把那种痴处不让祖父知道。

祖父呢，可以说一切都知道了的。但事实上他又却是个一无所知的人。他明白翠翠不讨厌那个二老，却不明白那小伙子二老怎么样。他从船总处与二老处，皆碰过了钉子，但他并不灰心。

“要安排得对一点，方合道理，”他那么想着，就更显得好事多磨起来了。睁着眼睛时，他做的梦比那个外孙女翠翠便更荒唐更寥阔。

他向各个过渡本地人打听二老父子的生活，关切他们如同自己家中一样。但也古怪，因此他却怕见到那个船总同二老了。一见他们他就不知说些什么，只是老脾气把两只手搓来搓去，从容处完全失去了。二老父子方面皆明白他的意思，但那个死去的人，却用一个凄凉的印象，镶嵌到父子心中，两人便对于老船夫的意思，俨然全不明白似的，一同把日子打发下去。

明明白白夜来并不作梦，早晨同翠翠说话时，那作祖父的会说：

“翠翠，翠翠，我昨晚上做了个好不怕人的梦！”

翠翠问：“什么怕人的梦？”

就装作思索梦境似的，一面细看翠翠小脸长眉毛，一面说出他另一时张着眼睛所做的好梦。不消说，那些梦并不是当真怎样使人吓怕的。

一切河流皆得归海，话起始说得纵极远，到头来总仍然是归到使翠翠红脸那件事情上去。待到翠翠显得不大高兴，神气上露出受了点小窘时，这老船夫又才像有了一点儿吓怕，忙着解释，用闲话来遮掩自己所说到那问题的原意。

“翠翠，我不是那么说，我不是那么说。爷爷老了，糊涂了，笑话多咧。”

但有时翠翠却静静的把祖父那些笑话糊涂话听下去，一直听到后来还抿着嘴儿微笑。

翠翠也会忽然说道：

“爷爷，你真是有一点儿糊涂！”

祖父听过了不再作声，他将说，“我有一大堆心事，”但来不及说，恰好就被过渡人喊走了。

天气热了，过渡人从远处走来，肩上挑得是七十斤担子，到了溪边，贪凉快不即走路，必蹲在岩石下茶缸边喝凉茶，与同伴交换吹吹棒烟管，且一面与弄渡船的攀谈。许多子虚乌有的话皆从此说出口来，给老船夫听到了。过渡人有时还因溪水清洁，就溪边洗脚抹澡的，坐得更久话也就更多。祖父把些话转说给翠翠，翠翠也就学懂了许多事情。货物的价钱涨落呀，坐轿搭船的用费呀，放木筏的人把他那个木筏从滩上流下时，十来把大招子如何活动呀，在小烟船上吃荤烟，大脚娘如何烧烟呀，…… 无一不备。

傩送二老从川东押物回到了茶峒。时间已近黄昏了，溪面很寂静，祖父同翠翠在菜园地里看萝葡秧子。翠翠白日中睡久了些，觉得有点寂寞，好像听人嘶声喊过渡，就争先走下溪边去，下坎时，见两个人站在码头边，斜阳影里背身看得极分明，正是傩送二老同他家中的长年！翠翠大吃一惊，同小兽物见到猎人一样，回头便向山竹林里跑掉了。但那两个在溪边的人，听到脚步响时，一转身，也就看明白这件事情了。等了一下再也不见人来，那长年又嘶声音喊叫过渡。

老船夫听得清清楚楚，却仍然蹲在萝葡秧地上数菜，心里觉得好笑。他已见到翠翠走去，他知道必是翠翠看明白了过渡人是谁，故蹲在那高岩上不理会。翠翠人小不管事，过渡人求她不干，奈何她不得，故只好嘶着个喉咙叫过渡了。那长年叫了几声，见无人来，就停了，同二老说：“这是什么玩意儿，难道老的害病弄翻了，只剩下翠翠

一个人了吗？”二老说：“等等看，不算什么！”就等了一阵。因为这边在静静的等着，园地上老船夫却在心里想：“难道是二老吗？”他仿佛担心搅恼了翠翠似的，就仍然蹲着不动。

但再过一阵，溪边又喊起过渡来了，声音不同了一点，这才真是二老的声音。生气了吧？等久了吧？吵嘴了吧？老船夫一面胡乱估着一面跑到溪边去。到了溪边，见两个人业已上了船，其中之一正是二老。老船夫惊讶的喊叫：

“呀，二老，你回来了！”

年青人很不高兴似的，“回来了，——你们这渡船是怎么的，等了半天也不来个人！”

“我以为——”老船夫四处一望，并不见翠翠的影子，只见黄狗从山上竹林里跑来，知道翠翠上山了，便改口说，“我以为你们过了渡。”

“过了渡！不得你上船，谁敢开船？”那长年说着，一只水鸟掠着水面飞去，“翠鸟儿归窠了，我们还得赶回家去吃饭！”

“早咧，到河街早咧，”说着，老船夫已跳上了船，且在心中一面说着，“你不是想承继这只渡船吗！”一面把船索拉动，船便离岸了。

“二老，路上累得很！……”

老船夫说着，二老不置可否不动感情听下去，船拢了岸，那年青小伙子同家中长年挑担子翻山走了。那点淡漠印象留在老船夫心上，老船夫于是在两个人身后，捏紧拳头威吓了三下，轻轻的吼着，把船拉回去了。

十九

翠翠向竹林里跑去，老船夫半天还不下船，这件事从傩送二老看来，前途显然有点不利。虽老船夫言词之间，无一句话不在说明“这事有边”，但那畏畏缩缩的说明，极不得体，二老想起他的哥哥，便把这件事曲解了。他有一点愤愤不平，有一点儿气恼。回到家里第三天，中寨有人来探口风，在河街顺顺家中住下，把话问及顺顺，想明白二老的心中，是不是还有意接受那座新碾坊，顺顺就转问二老自己意见怎么样。

二老说：“爸爸，你以为这事为你，家中多座碾坊多个人，便可以快活，你就答应了。若果为得是我，我要好好去想一下，过些日子再说它吧。我尚不知道我应当得座碾坊，还应当得一只渡船，因为我命里或只许我撑个渡船！”

探口风的人把话记住，回中寨去报命，到碧溪岨过渡时，见到了老船夫，想起二老说的话，不由得不迷迷的笑着。老船夫问明白了他是中寨人，就又问他过茶峒作些什么事。

那心中有分寸的中寨人说：

“什么事也不作，只是过河街船总顺顺家里坐了一会儿。”

“坐了一定就有话说！”

“话倒说了几句。”

“说了些什么话？”那人不再说了，老船夫却问道，

“听说你们中寨人想把大河边一座碾坊连同家中闺女送给河街上顺顺，这事情有不有了点眉目？”

那中寨人笑了，“事情同了，我问过顺顺，顺顺很愿意同中寨人结亲家，又问过那小伙子，……”

“小伙子意思怎么样？”

“他说：我眼前有座碾坊，有条渡船，我本想要渡船，现在就决定要碾坊了。渡船是活动的，不如碾坊固定，这小子会打算盘呢。”

中寨人是个米场经纪人，话说得极有斤两，他明知道“渡船”指得是什么意思，但他可并不说穿。他看到老船夫口唇蠕动，想要说话，中寨人便又抢着说道：

“一切皆是命，可怜顺顺家那个大老，相貌一表堂堂，会淹死在水里！”

老船夫被这句话在心上戳了一下，把想问的话咽住了。中寨人上岸走去后，老船夫闷闷的立在船头，痴了许久。又把二老日前过渡时落漠神气温习一番，心中大不快乐。

翠翠在塔下玩得极高兴，走到溪边高岩上想要祖父唱唱歌，见祖父不理会她，一路埋怨赶下溪边去，到了溪边方见到祖父神气十分沮丧，不明白为什么原因。翠翠来了，祖父看看翠翠的快活黑脸儿，粗卤的笑笑。对溪有扛货物过渡的，便不说什么，沉默的把船拉过溪南，到了中心却大声唱起歌来了。把人渡了过溪，祖父跳上码头走近翠翠身边来，还是那么粗卤的笑着，把手抚着头额。

翠翠说：

“爷爷怎么的，你发痧了？你躺到荫下去，我来管船！”

“你来管船，好的妙的，这只船归你管！”

老船夫似乎当真发了痧，心头发闷，虽当着翠翠还显出硬扎样子，独自走回屋里后，找寻得到一些碎磁片，在自己臂上腿上扎了几下，放出了些乌血，就躺到床上睡了。

翠翠自己守船，心中却古怪的快乐，心想：“爷爷不为我唱歌，我自己会唱！”

她唱了许多歌，老船夫躺在床上闭着眼睛，一句一句听下去。心中极乱。但他知道这不是能够把他打倒的大病，他明天就仍然会爬起来的。他想明天进城，到河街去看看，又想起许多旁的事情。

但到了第二天，人虽起了床，头还沉沉的。祖父当真已病了，翠翠显得懂事了些，为祖父煎了一罐大发药，逼着祖父喝，又为过屋后菜园地里摘取蒜苗泡在米汤里作酸蒜苗。一面照料船只，一面还时时刻刻抽空赶回家里来看祖父，问这样那样。祖父可不说什么，只是为一个秘密痛苦着。躺了三天，人居然好了。屋前屋后走动了一下，骨头还硬硬的，心中惦念到一件事情，便预备进城过河街去。翠翠看不出祖父有什么要紧事情，必须当天入城，请求他莫去。

老船夫把手搓着，估量到是不是应说出那个理由。翠翠一张黑黑的瓜子脸，一双水汪汪的眼睛，使他吁了一口气。

他说："我有要紧事情，得今天去！"

翠翠苦笑着说："有多大要紧事情，还不是……"

老船夫知道翠翠脾气，听翠翠口气已有点不高兴，不再说要走了，把预备带走的竹筒，同扣花褡裢搁到长机上后，带点儿谄媚笑着说："不去吧，你担心我会把自己摔死，我就不去吧。我以为天气早上不很热，到城里把事办完了就回来，……不去也得，我明天去！"

翠翠轻声的温柔的说："你明天去也好，你腿还软！"

老船夫似乎心中还不甘服，洒着两手走出去，在门限边一个打草鞋的棒槌，差点儿把他绊了一大跤。稳住了时翠翠苦笑着说："爷爷，你瞧，还不服气！"老船夫拾起那棒槌，向屋角隅摔去，说道："爷爷老了！过几天打豹子给你看！"

到了午后，落了一阵行雨，老船夫却同翠翠好好商量，仍然进了城。翠翠不能陪祖父进城，就要黄狗跟去。老船夫在城里被一个熟人拉着谈了许久的盐价米价，又过守备衙门看了一会新买的骡马，方到河街顺顺家里去。到了那里见到顺顺正同三个人打纸牌，不便谈话，就站在身后看了一阵牌，后来顺顺请他喝酒，借口病刚好点不敢喝酒推辞了。牌既不散场，老船夫又不想即走，顺顺似乎并不明白他等着有何话说，却只注意手中的牌。后来老船夫的神气倒为另外一个人看出了，就问他是不是有什么事情。老船夫方忸忸怩怩照老方子搓着他那两只大手，说别的事没有，只想同船总说两句话。

那船总方明白在看牌半天的理由，回头对老船夫笑将起来。

“怎不早说？你不说，我还以为你在看我牌学张子！”

“没有什么，只是三五句话，我不便扫兴，不敢说出。”

船总把牌向桌上一撒，笑着向后房走去了，老船夫跟在身后。

“什么事？”船总问着，神气似乎先就明白了他来此要说的话，显得略微有点儿怜悯的样子。

“我听一个中寨人说你预备同中寨团总打亲家，是不是真事？”

船总见老船夫的眼睛盯着他的脸，想得一个满意的回答，就说：“有这事情。”那么答应，意思却是：“有了你怎么样？”

老船夫说：“真的吗？”

那一个很自然的说：“真的。”意思却依旧包含了“真的又怎么样？”一个疑问。

老船夫装得很从容的问：“二老呢？”

船总说：“二老坐船下桃源好些日子了！”

二老下桃源的事，原来还同他爸爸吵了一阵方走的。船总性情虽异常豪爽，可不愿意间接把第一个儿子弄死的女孩子，又来作第二个儿子的媳妇。若照当地风气，这些事认为只是小孩子的事，大人管不着，二老当真欢喜翠翠，翠翠又爱二老，他也并不反对这种爱怨纠缠的婚姻。但不知怎么的，老船夫的关心处，使二老父子对于老船夫皆有了一点误会。船总想起家庭间的近事，以为全与这老而好事的船夫有关。

船总不让老船夫再开口了，就语气略粗的说道：

“伯伯，算了吧，我们的口只应当喝酒了，莫再只想替儿女唱歌！你的意思我全明白，你是好意。可是我也求你明白我的意思，我以为我们只应当谈点自己分上的事情，不适宜于想那些年青人的门路了。”

老船夫被一个闷拳打倒后，还想说两句话，但船总却不让他再有说话机会，把他拉出到牌桌边去。

老船夫无话可说，看看船总时，船总虽还笑着谈到许多笑话，心中却似乎很沉郁，把牌用力掷到桌上去。老船夫不说什么，戴起他那个斗笠，自己走了。

天气还早，老船夫心中很不高兴，又进城去找杨马兵。那马兵正在喝酒，老船夫虽推病，也免不了喝个三五杯。回到碧溪岨，走得热了一点，又用溪水去抹身子。觉得很疲倦，就要翠翠守船，自己回家睡去了。

黄昏时天气十分郁闷，溪面各处飞着红蜻蜓。天上已起了云，热风把两山竹篁吹得声音极大，看样子到晚上必落大雨。翠翠守在渡船上，看着那些溪面飞来飞去的蜻蜓，心也极乱。看祖父脸上颜色惨惨的，放心不下，便又赶回家中去。先以为祖父一定早睡了，谁知还坐在门限上打草鞋！

“爷爷，你要多少双草鞋，床头上不是还有十四双吗？怎么不好好的躺一躺？”

老船夫不作声，却站起身来昂头向天空望着，轻轻的说：

“翠翠，今晚上要落大雨响大雷的！回头把我们的船系到岩下去，这雨大哩。”

翠翠说：“爷爷，我真吓怕！”翠翠怕的似乎并不是晚上要来的雷雨。

老船夫似乎也懂得那个意思，就说：“怕什么？一切要来的都得来，不必怕！”

二十

夜间果然落了大雨，挟以吓人的雷声。电光从屋脊上掠过时，接着就是訇的一个炸电。翠翠在暗中抖着。祖父也醒了，知道她害怕，且担心她招凉，还起身来把一条布单搭到她身上去。祖父说：

“翠翠，不要怕！”

翠翠说：“我不怕！”说了还想说：“爷爷你在这里我不怕！”

訇的一个大雷，接着是一种超越雨声而上的洪大闷重倾圮声。两人皆以为一定是溪岸悬崖崩落了；担心到那只渡船，会早已压在崖石上面去了。

祖孙两人便默默的躺在床上听雨声雷声。

但无论如何大雨，过不久，翠翠却依然就睡着了。醒来时天已亮了，雨不知在何时业已止息，醒来只听到溪两岸山沟里注水入溪的声音，翠翠爬起身来，看看祖父还似乎睡得很好，开了门走出去。门前已成为一个水沟，一股水便从塔后哗哗的流来，从前面悬崖直堕而下。并且各处皆是那么一种临时的水道。屋旁菜园地已为山水冲乱了，菜秧皆掩在粗砂泥里了。再走过前面去看看溪里一切，才知道溪中也涨了大水，已满过了码头，水脚快到茶缸边了。下到码头去的那条路，正同一条小河一样，哗哗的泄着黄泥水。过渡的那一条横溪牵定的缆绳，已被水淹去了，泊在崖下的渡船，已不见了。

翠翠看看屋前悬崖并不崩坍，故当时还不注意渡船的失去。但再过一阵，她上下搜索不到这东西，无意中回头一看，屋后白塔已不见了，一惊非同小可。赶忙向屋后跑去，才知道白塔业已坍倒，大堆砖石极凌乱的摊在那儿。翠翠吓慌得不知所措，只锐声叫她的祖父。祖父不起身，也不答应，就赶回家里去，到得祖父床边摇了祖父许久，祖父还不作声。原来这个老年人在雷雨将息时已死去了。

翠翠于是大哭起来。

过一阵，有从茶峒过川东跑差事的人，到了溪边，隔溪喊过渡，翠翠正在灶边一面哭着一面烧水预备为死去的祖父抹澡。

那人以为老船夫一家还不醒，急于过河，喊叫不应，就抛掷小石头过溪，打到屋顶上。翠翠鼻涕眼泪成一片的走出来，跑到溪边高崖前站定。

"喂，不早了！把船划过来！"

"船跑了！"

"你爷爷做什么事情去了呢？他管船！"

"他管船，管五十年的船——他死了啊！"

翠翠一面向隔溪人说着一面大哭起来。那人知道老船夫死了，得进城去报信，就说：

"真死了吗？我回去告他们，要他们弄条船带东西来！"

那人回到茶峒城边时，一见熟人就报告这件事，不多久，全茶峒城里外便皆知道这个消息了。河街上船总顺顺，派人找了一只空船，带了副白木匣子，即刻向碧溪岨撑去。城中杨马兵却同一个老军人，赶到碧溪岨去，砍了几十根大毛竹，用葛藤编作筏子，作为来往过渡的临时渡船。筏子编好后，撑了那个东西，到翠翠家中那一边岸下，留老兵守竹筏来往渡人，自己跑到翠翠家去看那个死者，眼泪湿莹莹的，摸了一会躺在床上硬僵僵的老友，又赶忙着做些应做的事情。到后帮忙的人来了，从大河船上运的棺木也来了，住在城中的老道士，还带了法宝，提了一只公鸡，来尽义务办理念经起水诸事，也从筏上渡过来了。家中人出出进进，翠翠只坐在灶边矮凳上呜呜的哭着。

到了中午，船总顺顺也来了，还跟着一个人扛了一口袋米，一坛酒，一腿猪肉。见了翠翠就说：

"翠翠，爷爷死了我知道了，老年人是必需死的，不要发愁，一切有我！”

各方面看看，就回去了。到了下午入了殓，一些帮忙的回的回家去了，晚上便只剩下了那老道士，杨马兵，同顺顺家派来的两个年青长年。黄昏以前老道士用红绿纸剪了一些花朵，用黄泥作了一些烛台。天断黑后，棺木前小桌上点起黄色九品蜡，燃了香，棺木周围也点了小蜡烛，老道士披上那件蓝麻布道服，开始了丧事中绕棺仪式。老道士在前拿着纸幡引路，孝子第二，马兵殿后，绕着那寂寞棺木慢慢转着圈子。两个长年则站在灶边空处，胡乱的打着锣钵。老道士一面闭了眼睛走去，一面且唱且哼，安慰亡灵。提到关于亡魂所到西方极乐世界花香四季时，老马兵就把木盘里的纸花，向棺木上高高撒去。

到了半夜，事情办完了，放过爆竹，蜡烛也快熄灭了，翠翠泪眼婆娑的，赶忙又到灶边去烧火，为帮忙的人办宵夜。吃了宵夜，老道士歪到死人床上睡着了。剩下几个人还得照规矩在棺木前守灵，老马兵为大家唱丧堂歌取乐，用个空的量米木升子，当作小鼓，把手剥剥剥的一面敲着一面唱下去——唱《王祥卧冰》的事情，唱《黄香扇枕》的事情。

翠翠哭了一整天，也同时忙了一整天，到这时已倦极，把头靠在棺前迷着了。两长年同马兵精神还虎虎的，便轮流把丧堂歌唱下去。但只一会儿，翠翠又醒了，仿佛梦到什么，惊醒后明白祖父已死，于是又幽幽的干哭起来。

“翠翠，翠翠，不要哭啦，人死了哭不回来的！”

老马兵接着就说了一个做新嫁娘的人哭泣的笑话，话语中夹杂了三个粗野字眼儿，因此引起两个长年咕咕的笑了许久。黄狗在屋外吠着，翠翠开了大门，到外面去站了一下，耳听到各处是虫声，天上月色极好，大星子嵌进透蓝天空里，非常沉静温柔。翠翠想：

“这是真事吗？爷爷当真死了吗？”

老马兵原来跟在她的后边，因为他知道女孩子心门儿窄，说不定一炉火闷在灰里，痕迹不露，见祖父去了，自己一切皆已无望，跳崖悬梁，想跟着祖父一块儿去，也说不定！故随时小心监视到翠翠。

老马兵见翠翠痴痴的站着，时间过了许久还不回头，就打着咳叫翠翠说：

“翠翠，露落了，不冷么？”

“不冷。”

“天气好得很！”

“呀……”一颗大流星使翠翠轻轻的喊了一声。

接着南方又是一颗流星划空而下。对溪有猫头鹰叫。

“翠翠，”老马兵业已同翠翠并排一块儿站定了，很温和的说，“你进屋里去了吧，不要胡思乱想！”

翠翠默默的回到祖父棺木前面，坐在地上又呜咽起来。守在屋中两个长年已睡着了。

杨马兵便幽幽的说道：“不要哭了！不要哭了！你爷爷也难过咧，眼睛哭胀喉咙哭嘶有什么好处。听我说，爷爷的心事我全都知道，一切有我；我会把一切安排得好好的，对得起你爷爷。我会安排，什么事都会。我要一个爷爷欢喜你也欢喜的人来接收这渡船！不能如我们的意，我老虽老，还能拿镰刀同他们拼命。翠翠，你放心，一切有我！……”

远处不知什么地方鸡叫了，老

道士在那边床上胡胡涂涂的自言自语:“天亮了吗?早咧!”

二十一

大清早,帮忙的人从城里拿了绳索杠子赶来了。

老船夫的白木小棺材,为六个人抬着到那个倾圮了的塔后山岨上去埋葬时,船总顺顺,马兵,翠翠,老道士,黄狗,皆跟在后面。到了预先掘就的方阱边,老道士照规矩先跳下去,把一点朱砂颗粒同白米,安置到阱中四隅及中央,又烧了一点纸钱,爬出阱时就要抬棺木的人动手下殡,翠翠哑着喉咙干号,伏在棺木上不起身。经马兵用力把她拉开,方能移动棺木。一会儿,那棺木便被新土掩盖了,翠翠还坐在地上呜咽。老道士要回城,去替人做斋,过渡走了。船总把一切事托给老马兵,也赶回城去了。帮忙的皆到溪边去洗手,家中各人还有各人的事,且知道这家人的情形,不便再叨扰,也皆不再惊动主人,过渡回家去了。于是碧溪岨便只剩下三个人,一个是翠翠,一个是老马兵,一个是由船总家派来暂时帮忙照料渡船的秃头陈四四。黄狗因被那秃头打了一石头,对于那秃头仿佛很不高兴,尽是轻轻的吠着。

到了下午,翠翠同老马兵商量,要老马兵回城去把马托给营里人照料,再回碧溪岨来陪她。老马兵回转碧溪岨时,秃头陈四四被打发回城去了。

翠翠仍然自己同黄狗来弄渡船,让老马兵坐在溪岸高崖上玩,或嘶着个老喉咙唱歌给她听。

过三天后船总来商量接翠翠过家里去住,翠翠却想看守祖父的坟山,不愿即刻进城。只请船总过城里衙门去为说句话,许杨马兵暂时同她住住,船总顺顺答应了这件事,就走了。

杨马兵既是个上五十岁了的人,说故事的本领比翠翠祖父高一筹，加之凡事特别关心，做事又勤快又干净，故同翠翠住下来，使翠翠仿佛去了一个祖父，却新得了一个伯父。过渡时有人问及可怜的祖父，黄昏时想起祖父，皆使翠翠心酸，觉得十分凄凉。但这分凄凉日子过久一点，也就渐渐淡薄些了。两人每日在黄昏中同晚上，坐在门前溪边高崖上，谈点那个躺在湿土里可怜祖父的旧事，有许多是翠翠先前所不知道的，说来便更使翠翠心中柔和。又说到翠翠的父亲，那个又要爱情又惜名誉的军人，在当时按照绿营军勇的装束，如何使女孩子动心。又说到翠翠的母亲，如何善于唱歌，而且所唱的那些歌在当时如何流行。

时候变了，一切也自然不同了，皇帝已不再坐江山，平常人还消说？！杨马兵想起自己年青作马夫时，牵了马匹到碧溪岨来对翠翠母亲唱歌，翠翠母亲不理会，到如今这自己却成为这孤雏的唯一靠山唯一信托人，不由得不苦笑。

因为两人每个黄昏必谈祖父，以及这一家有关系的事情，后来便说到了老船夫死前的一切，翠翠因此明白了祖父活时所不提到的许多事。二老的唱歌，顺顺大儿子的死，顺顺父子对于祖父的冷淡，中寨人用碾坊作陪嫁妆奁，诱惑傩送二老，二老既记忆着哥哥的死亡，且因得不到翠翠理会，又被家中逼着接受那座碾坊，意思还在渡船，因此抖气下行，祖父的死因，又如何与翠翠有关……凡是翠翠不明白的事，如今可全明白了。翠翠把事弄明白后，哭了一个夜晚。

过了四七，船总顺顺派人来请马兵进城去，商量把翠翠接到他家中去，作为二老的媳妇。但二老人既在辰州，先就莫提这件事，且搬过河街去住，等二老回来时再看二老意思。马兵以为这件事得问翠翠。回来时，把顺顺的意思向翠翠说过后，又为翠翠出主张，以为名分既不定妥，到一个生人家里去不好，还是不如在碧溪岨等，等到二老驾船回来时，再看二老意思。

这办法决定后，老马兵以为二老不久必可回来的，就依然把马匹托营上人照料，在碧溪岨为翠翠作伴，把一个一个日子过下去。

碧溪岨的白塔，与茶峒风水有关系，塔圮坍了，不重新作一个自然不成。除了城中营管，税局，以及各商号各平民捐了些钱以外，各大寨子也有人拿册子去捐钱。为了这塔成就并不是给谁一个人的好处，应尽每个人来积德造福，尽每个人皆有捐钱的机会，因此在渡船上也放了个两头有节的大竹筒，中部锯了一口尽过渡人自由把钱投进去，竹筒满了马兵就捎进城中首事人处去，另外又带了个竹筒回来。过渡人一看老船夫不见了，翠翠辫子上扎了白线，就明白那老的已作完了自己分上的工作，安安静静躺到土坑里给小蛆吃掉了，必一面用同情的眼色瞧着翠翠，一面就摸出钱来塞到竹筒中去。“天保佑你，死了的到西方去，活下的永保平安。”翠翠明白那些捐钱人的意思，心里酸酸的，忙把身子背过去拉船。

到了冬天，那个圮坍了的白塔，又重新修好了，那个在月下唱歌，使翠翠在睡梦里为歌声把灵魂轻轻浮起的年青人，还不曾回到茶峒来。

这个人也许永远不回来了，也许“明天”回来！

1934年完成

菜园

沈从文

玉家菜园出白菜，因为种子特别，本地任何种菜人所种的都没有那种大卷心。这原因从姓上可以明白，姓玉原本是旗人，菜种是当年从北京带来的。北京白菜素来著名。

辛亥革命以前，来城候补的是玉太爷，单名讳琛。当年来这小城时带了家眷，也带了白菜种籽。大致当时种来也只是为自己吃。谁知太爷一死，不久革命军推翻了清室，清宗室平时在国内势力一时失尽，顿呈衰败景象。各处地方都有流落的旗人，贫穷窘迫，无以为生，玉家却在无意中得白菜救了一家人的灾难。玉家靠卖菜过日子，从此玉家菜园在本县成为人人皆知的地方了。

主人玉太太，年纪五十岁，年轻时节应当是美人，所以到老来还可以从余剩风姿想见一二。这太太有一个儿子是白脸长身的好少年，年纪二十一，在家中读过书，认字知礼，还有点世家风范。虽本地新兴绅士阶级，因切齿过去旗人的行为，极看不起旗人，如今又是卖菜佣儿子，很少同这家少主人来往；但这人家的儿子，总仍然有和平常菜贩儿子两样处。虽在当地得不到人亲近，却依然相当受人尊敬。

玉家菜园园地发展后，母子两双手已不大济事，因此另外雇得有人。主人设计每到秋深便令长工在园中挖个长窖，冬天来雪后白菜全入窖。由于处理得法，从此一年四季城中人都有大白菜吃。菜园二十亩地，除了白菜还种了不少其他菜蔬，善于经营的主人，使本城人一年任何时节都可得到极好的蔬菜，特别是几种难得的蔬菜。也便因此，收入数目不小。十年来，渐渐成为小康之家了。

仿佛因为种族不同、很少同人往来的玉家母子，由旁人看来，除知道这家人卖菜有钱以外，其余一概茫然。

夏天薄暮，这个有教养又能自食其力的、富于林下风度的中年妇人，穿件白色细麻布旧式大袖衣服，拿把宫扇，朴素不华的在菜园外小溪边站立纳凉。侍立在身边的是穿白绸短衣裤的年轻男子。两人常常沉默着半天不说话，听柳上晚蝉拖长了声音飞去，或者听溪水声音。溪水绕菜园折向东去，水清见底，常有小虾、小鱼，鱼小到除了看玩就无用处。那时节，鱼大致也在休息了。

动风时，晚风中混有素馨兰花香和茉莉花香。菜园中原有不少花木的，在微风中掠鬓，向天空柳枝空处数点初现的星，做母亲的想着古人的诗歌，可想不起谁曾写下形容晚天如落霞孤鹜一类好诗句，又总觉得有人写过这样恰如其境的好诗，便笑着问那个男子，是不是能在这样情境中想出两句好诗。

“这景象，古今相同。对它得到一种彻悟，一种启示，应当写出几句好诗的。”

“这话好像古人说过了，记不起这个人。”

“我也这样想。是谢灵运，是王维，不能记得，我真上年纪了。”

“母亲，你试作七绝一首，我和。”

“那么，想想吧。”

做母亲的于是当真就想下去，低吟了半天，总像是没有文字能解释当前这一种境界。一面是文字生疏已久，一面是情境相协，所谓超于言语，正如佛法，只能心印默契，不可言传，所以笑了。她说：

“这不行，哪里还会作诗！”

稍过，又问：

“少琛，你呢？”

男子笑着说，这天气是连说话也觉得可惜的天气，做诗等于糟蹋好风光。听到这样话的母亲莞尔而笑，过了桥，影子消失在白围墙竹林子后不见了。

不过在这样晚凉天气下，母子两人走到菜园去，看工人作瓜架子，督促舀水，谈论到秋来的菜种、萝卜的市价，也是很平常的事。他们有时还到园中去看菜秧，亲自动手挖泥浇水。一切不造作处，较之斗方诗人在瓜棚下坐一点钟便拟赋五言八韵田家乐，偶一出城就赞赏独木桥美不可言，虚伪真实，相去真不可以道里计。

冬天时，玉家白菜上了市，全城人都吃玉家白菜。在吃白菜时节，有想到这卖菜人家居情形的，赞美了白菜，总同时也就赞美了这人家母子。一切人所知有限，但所知的一点点便仿佛使人极其倾心。这城中也如别的城市一样，城中所住蠢人比聪明人多十来倍，所以竟有那种人，说出非常简陋的话，说是每一株白菜，皆经主人的手抚手摸，所以才能够如此肥茁，这原因是有根有柢的。从这样呆气的话语中，也仍然可以看出城中人如何闪耀着一种对于这家人生活优美的企羡。

做母亲的还善于把白菜制成各样干菜，根、叶、心各用不同方法制作成各种不同味道。少年人则对于这一类知识，远不及其对于笔记小说知识丰富。但他一天所做的事，经营菜园的时间却比看书写字时间多。年轻人，心地洁白如鸽子毛，需要工作，需要游戏，所以菜园不是使他厌倦的地方。他不能同人锱铢必较的算账，不过单是这缺点，也就使这人变成更可爱的人了。

他不因为认识了字就不作工，也不因为有了钱就增加骄傲。对于本地人凡有过从的，不拘是小贩他也能用平等相待。他应当属于知识阶级，却并不觉得在作人意义上，自已有特别尊重读书人必要。他自已对人诚实，他所要求于人的也是诚实。他把诚实这一件事看作人生美德，这种品性同趣味却全出之于母亲的陶冶。

日子到了应当使这年青人定婚的时候了，这男子尚无媳妇。本城的风气，已到了大部分男女自相悦爱才好结婚，然而来到玉家菜园的仍有不少老媒人。这些媒人完全因为一种职业的善心，成天各处

走动，只愿意事情成就，自已从中得一点点钱财谢礼。因太想成全他人，说谎自然也就成为才艺之一种。眼见用了各样谎话都等于白费以后，这些媒人方才死了心，不再上玉家菜园。

然而因为媒人的撺掇，以及另一因缘，认识过玉家青年人，愿意作玉家媳妇私心窃许的，本城女人却很多很多。

二十二岁的生日，做母亲的为儿子备了一桌特别酒席，到晚来两人对坐饮酒。窗外就是菜园，时正十二月，大雪刚过，园中一片白。已经摘下还未落窖的白菜，全成堆的在园中，白雪盖满，正像一座座大坟。还有尚未收取的菜，如小雪人，成队成排站立雪中。母子二人喝了一些酒，谈论到今年大雪同菜蔬，萝卜、白菜都须大雪始能将味道转浓，把窗推开了。

窗开以后，园中一切都收入眼底。

天色将暮，园中静静的。雪已不落了，也没有风。上半日在菜畦觅食的黑老鸹，不知到什么地方去了。母亲说：

"今年这雪真好！"

"今年刚十二月初，这雪不知还有多少次落呢。"

"这样雪落下人不冷，到这里算是稀奇事。北京这样一点点雪，可就太平常了。"

"北京听说完全不同了。"

"这地方近十年也变得好厉害！"

这样说话的母亲，想起二十年来在本地方住下经过的人事变迁，她于是喝了一口酒。

"你今天满二十二岁，太爷过世十八年，民国反正十五年，不单是天下变得不同，就是我们家中，也变得真可怕。我今年五十，人也老了。总算把你教养成人，玉家不至于绝了香火。你爹若在世，就太好了。"

在儿子印象中只记得父亲是一个手持“京八寸”人物。那时吸纸烟真有格，到如今，连做工的人也买“美丽牌”，不用火镰同烟杆了。这一段长长的日子中，母亲的辛苦从家中任何一事都可知其一二。如今儿子已成人了，二十二岁，命好应有了孙子可抱。听说“母亲也老了”这类话的少琛，不知如何，忽想起一件心事来了。他蓄了许久的意思今天才有机会说出。他说他想过北京。

北京方面他有一个舅父，宣统未出宫以前，还在宫中做小管事，如今听说在旃章胡同开铺子，卖冰、卖西洋点心，生意不恶。

听说儿子要到北京去，作母亲的似乎稍稍吃了一惊。这惊讶是儿子料得到的，正因为不愿意使母亲惊讶，所以直到最近才说出来。然而她也挂念着那胞兄的。

“你去看看你三舅，还是做别的事？”

“我想读点书。”

“我们这人家还读什么书？世界天天变，我真怕。”

“那我们俩去！”

“这里放得下吗？”

“我去三个月又回来，也说不定。”

“要去，三年五年也去了。我不妨碍你。你希望走走就走走，只是书不读也不甚要紧。做人不一定要多少书本知识。像我们这种人，知识多，也是灾难！”

这妇人这样慨乎其言的说后，就要儿子喝一杯，问他预备过年再去，还是到北京过年。

儿子说赶考，是今年走好，且趁路上清静，也极难得。

母亲虽然同意远行，却认为事情不必那么匆忙，因此到后仍然决定正月十五以后，再离开母亲身边。把话说过，回到今天雪上来了。母亲记起忘了的一桩事情，她要他送一坛酒给做工人，因为今天不是平常的日子。

不久过年了。

过了年，随着不久就到了少琛动身日子了。信早已写给北京的舅父，于是坐了省河小轮，到长沙市坐车，转武汉，再换火车，到了北京。

时间过了三年。

在这三年中，玉家菜园还是玉家菜园。但渐渐的，城中便知道玉家少主人在北京大学读书，极其出名的事了。其中经过自然一言难尽，琐碎到不能记述。然而在本城，玉家白菜还是十分出色。在家中一方面稍稍不同了的，是做儿子的常常寄报纸回来，寄新书回来；做母亲的一面仍然管理菜园的事务，兼喂养一群白色母鸡，自己每天无事时，便抓玉米喂鸡，和鸡雏玩，一面读从北京所寄来的书报杂志。母亲虽然有了五十岁，一切书报扇起二十岁年轻学生情感的种种，母亲有时也不免有了些幻梦。

地方一切新的变故甚多，随同革命，北伐 …… 于是许多壮年都在这过程中，死到野外，无人收尸因而烂去了，也成长了一些英雄和志士先烈，也培养了许多新官旧官。…… 于是地方的党部工会成立了 …… 于是“马日事变”年轻人杀死了，工会解散党部换了人 …… 于是从报章上消息，知道北京改成了北平。

地方改了北平，北方已平定，仿佛真命天子出世，天下就快太平了。在北平地方的儿子，还是常常有信来，寄书报则稍稍少了一点。

在本城的母亲，每月寄六十块钱去，同时写信总在告给身体保重以外，顺便问问有没有那种合意的女子可以订婚。母亲是老一代人，年纪渐老，自然对于这些事也更见得关心。三年来的母亲还是同样的不失林下风度。因儿子的缘故，多知了许多时事，然而一切外形，属于美德的，没有一种失去。且因一种方便，两个工人得到主人的帮助，都接亲了。母亲把这类事告给儿子时，儿子来信说这样做很对。

儿子也来过信，说母亲不妨到北平看看，把菜园交给工人，是一样的。虽说菜园的事也不一定放不下手，但不知如何，这老年人总不曾打量过北行的事。

当这母亲接到了儿子的一封信，说本学期终于可以回家来住一月时，欢喜极了。来信还只是四月，从四月起做母亲的就在家中为儿子准备一切。凡是这老年人想到可以使儿子愉快的事统统计划到了。一到了七月，就成天盼望远行人的归来。又派人往较远的××市去接他，又花了不少钱为他添办了一些东西，如迎新娘子那么期待儿子的归来。

儿子如期回来了。出于意外叫人惊喜的，是同时还真有一个新媳妇回来。这事情直到进了家门母亲才知道，一面还在心中作小小埋怨，一面把“新客”让到自己的住房中去，做母亲的似乎人年轻了十岁。

见到脸目略显憔悴的儿子，把新媳妇指点给两对工人夫妇，说“这是我们的朋友”时，母亲欢喜得话说不出。

儿子回家的消息不久就传遍了本城，美丽的媳妇不久也就为本城人全知道了。因为地方小，从北京方面回来的人不多，虽然绅士们的过从仍然缺少，但渐渐有绅士们的儿子到玉家菜园中的事了。还有本地教育局，在一次集会中，也把这家从北平回来的男子和媳妇请去开会了。还有那种对未来有所倾心的年轻人，从别的事情上知道了玉家儿子的姓名，因为一种倾慕，特邀集了三五同好来奉访了。

从母亲方面看来，儿子的外表还完全如未出门以前，儿子已慢慢是个把生活插到社会中去的人了。许多事都还仿佛天真烂漫，凡是一切往日的好处完全还保留在身上，所有新获得的知识，却融入了生活里，找不出所谓痕迹。媳妇则除了像是过分美丽不适宜做媳妇，住到

这小城市值得忧心以外，简直没有疵点可寻。

时间仍然是热天，在门外溪边小立，听水听蝉，或在瓜棚豆畦间谈话，看天上晚霞，五年前母子两人过的日子如今多了一人。这一家某种情形仍然仿佛和一地方人是两种世界。生活中多与本城人发生一点关系，不过是徒增注意及这一家情形的人谈论到时一点企羡而已。

因为媳妇特别爱菊花，今年回家，拟定看过菊花，方过北平，所以做母亲的特别令工人留出一块地种菊花，各处寻觅佳种，督工人整理菊秧，母子们自己也动动手。已近八月的一天，吃过了饭，母子们同在园中看菊苗，儿子穿一件短衣，把袖子卷到肘弯以上，用手代铲，两手全是泥。

母亲见一对年轻人，在菊圃边料理菊花，便作着一种无害于事极其合理的祖母的幻梦。

一面同母亲说北平栽培菊花的，如何使用他种蒿草干本接枝，开花如斗的事情，一面便同蹲在面前美丽到任何时见及皆不免出惊的夫人，用目光作无言的爱抚。忽然县里有人来说，有点事情，请两个年轻人去谈一谈。来人连洗手的暇裕也没有留给主人，把一对年轻人就“请”去了。从此一去，便不再回家了。

做母亲的当时纵稍稍吃惊，也仍然没有想到此后事情。

第二天，做母亲的已病倒在床，原来儿子同媳妇，已和三个因其他缘故而得着同样灾难的青年人，陈尸到教场的一隅了。

第三天，由一些粗手脚汉子为把那五个尸身一起抬到郊外荒地，抛在业已在早一天掘就、因夜雨积有泥水的大坑里，胡乱加上一点土，略不回顾的扛了绳杠到衙门去领赏，尽其慢慢腐烂去了。

做母亲的为这种意外不幸晕去数次，却并没有死去。儿子虽如此死了，办理善后，罚款，具结，她还有许多事情得做。三天后大街上和城门上贴出告示，才使她同本城人同时知道儿子原来是共产党。仿佛还亏得衙门中人因为想到要白菜吃，才把老的生命留下来，也没有把菜园产业全部充公。这样打量着而苦笑的老年人，不应当就死去，还得经营菜园才行。她于是仍然卖菜，活下来了。

秋天来时菊花开遍了一地。

主人对花无语，无可记述。

玉家菜园或者终有一天会改作玉家花园，因为园中菊花多而且好，有地方绅士和新贵强借作宴客的地方了。

骤然憔悴如七十岁的女主人，每天坐在园里空坪中喂鸡，一面回想一些无用处的旧事。

玉家菜园从此简直成了玉家花园。内战不兴，天下太平，到秋天来地方有势力的绅士在园中宴客，吃的是园中所出产的蔬菜，喝着好酒，同赏菊花。因为赏菊，大家在兴头中必赋诗，有祝主人有功国家，多福多寿，比之于古人某某典雅切题的好诗，有把本园主人写作卖菜媪对于旧事加以感叹的好诗。地方绅士有一种习惯，多会做点诗，自以为好的必题壁，或花钱找石匠来镌石，预备嵌墙中做纪念。名士伟人，相聚一堂，人人尽欢而散，扶醉归去。各人回到家中，一定还有机会作和“五柳先生”猜拳照杯的梦。

玉家菜园改称玉家花园，是主人在儿子死去三年后的事。这妇人沉默寂寞的活了三年，到儿子生日那一天，天落大雪，想这样活下去日子已经够了，春天同秋天不用再来了，把一点剩余家产全分派给几个工人，忽然用一根丝条套在颈子上，便缢死了。

1930年作

桃源与沅州

沈从文

全中国的读书人，大概从唐朝以来，命运中注定了应读一篇《桃花源记》，因此把桃源当成一个洞天福地。人人都知道那地方是武陵渔人发现的，有桃花夹岸，芳草鲜美。远客来到，乡下人就杀鸡温酒，表示欢迎。乡下人皆避秦隐居的遗民，不知有汉朝，更无论魏晋了。千余年来读书人对于桃源的印象，既不怎么改变，所以每当国体衰弱发生变乱时，想做遗民的必多，这文章也就增加了许多人的幻想，增加了许多人的酒量。至于住在那儿的人呢，却无人自以为是遗民或神仙，也从不会有人遇着遗民或神仙。

桃源洞离桃源县二十五里。从桃源乡坐小船沿沅水上行，船到白马渡时，上南岸走去，忘路之远近乱走一阵，桃花源就在眼前了。那地方桃花虽不如何动人，竹林却很有意思。如椽如柱的大竹子，随处皆可发现前人用小刀刻划留下的诗歌。新派学生不甘自弃，也多刻下英文字母的题名。竹林里间或潜伏一二翦径壮士，待机会霍的从路旁跃出，仿照《水浒传》上英雄好汉行为，向游客发个利市，使人来个凑手不及，不免吃点小惊。事实上是偶尔出现的。桃源县城则与长江中部各小县城差不多，一入城门最触目的是推行印花税与某种公债的布告。城中有棺材铺官药铺，有茶馆酒馆，有米行脚行，有和尚道士，有经纪媒婆。庙宇祠堂多数为军队驻防，门外必有个武装同志站岗。土栈烟馆既照章纳税，就受当地军警保护。代表本地的出产，边街上有几十家玉器作坊，用珉石染红着绿，琢成酒杯笔架等物，货物品质平平常常，价钱却不轻贱。另外还有个名为“后江”的地方，住下无数公私不分的妓女，很认真经营她们的职业。有些人家在一个菜园平房里，有些却又住在空船上，地方虽脏一点倒富有诗意。这些妇女使用她们的下体，安慰军政各界，且征服了往还沅水流域的烟贩，木商，船主，以及种种因公出差过路人。挖空了每个顾客的钱包，维持许多人生活，促进地方的繁荣。一县之长照例是个读书人，从史籍上早知道这是人类一种最古的职业，没有郡县以前就有了它们，取缔既与“风俗”不合，且影响到若干人生活，因此就很正当的定下一些规章制度，向这些人来抽收一种捐税（并采取了个美丽名词叫作“花捐”），把这笔款项用来补充地方行政，保安，或城乡教育经费。

桃源既是个有名地方，每年自然有许多“风雅”人，心慕古桃源之名，二三月里携了《陶靖节集》与《诗韵集成》等参考资料和文房四宝，来到桃源县访幽探胜。这些人往桃源洞赋诗前后，必尚有机会过后江走走。由朋友或专家引导，这家那家坐坐，烧匣烟，喝杯茶。看中意某一个女人时，问问行市，花个三元五元，便在那万人用过的花板床上，压着那可怜妇人胸膛放荡一夜。于是纪游诗上多了几首无题艳遇诗，把“巫峡神女”“汉皋解珮”“刘阮天台”等等典故，一律被引用到诗上去。看过了桃源洞，这人平常若是很谨慎的，自会觉得应当即早过医生处走走，于是匆匆的回家了。至于接待过这种外路“风雅”人的神女呢，前一夜也许陆续接待过了三个麻阳船水手，后一夜又得陪伴两个贵州省牛皮商人。这些妇人照例说不定还被一个散兵游勇，一个县公署执达吏，一个公安局书记，或一个当地小流氓，长时期包定占有，客来时那人往烟馆过夜，客去时再回到妇人身边来烧烟。

妓女的数目占城中人口比例数不小。因此仿佛有各种原因，她们的年龄都比其他大都市更无限制。有些人年在五十以上，还不甘自弃，同孙女辈行来参加这种生活斗争，每日轮流接待水手同军营中火伕。也有年纪不过十四五岁，乳臭尚未脱尽，便在那儿服侍客人过夜的。

她们的技艺是烧烧鸦片烟，唱点流行小曲，若来客是粮子上跑四方人物，还得唱唱军歌党歌，和时下电影明星的新歌，应酬应酬，增加兴趣。她们的收入有些一次可得洋钱二十三十，有些一整夜又只得一块八毛。这些人有病本不算一回事。实在病重了，不能作生意挣饭吃，间或就上街到西药房去打针，六零六三零三扎那么几下，或请走方郎中配付药，朱砂茯苓乱吃一阵，只要支持得下去，总不会坐下来吃白饭。直到病倒了，毫无希望可言了，就叫毛伙用门板抬到那类住在空船中孤身过日子的老妇人身边去，尽她咽最后那一口气。死去时亲人呼天抢地哭一阵，罄所有请和尚安魂念经，再托人赊购副四合头棺木，或借“大加一”买副薄薄板片，土里一埋也就完事了。

桃源地方已有公路，直达号称湘西咽喉的武陵（常德），每日都有八辆十辆新式载客汽车，按照一定时刻在公路上奔驰，距常德约九十里，车票价钱一元零。这公路从常德且直达湖南省会长沙，汽车

路程约四小时，车票价约六元。公路通车时，有人说这条公路在湘省经济上具有极大意义，意思是对于黔省出口特货运输可方便不少。这人似乎不知道特货过境每次必三百担五百担，公路上一天不过十几辆汽车来回，若非特货再加以精制，每天能运输特货多少？关于特货的精制，在各省严厉禁烟宣传中，平民谁还有胆量来作这种非法勾当。假若在桃源县某种铺子里，居然有人能够设法购买一点黄色粉末药物，作为谈天口气，随便问问，就会弄明白那货物的来源是有来头的。信不信由你，大股东中大头脑有甚么“龄”字辈“子”字辈，还有沿江之督办，上海之闻人。且明白出产并不是桃源县城。沿江上行六十里，有二十部机器日夜加工，运输出口时或用轮船直往汉口，却不需借公路汽车转运长沙。

真可称为桃源名产值得引人注意却照例不及注意的，是家鸡同鸡卵。街头巷尾无处不可以发现这种冠赤如火庞大庄严的生物，经常有重达一二十斤的。凡过路人初见这地方鸡卵，必以为鸭卵或鹅卵。其次，桃源有一种小划子，轻捷，稳当，干净，在沅河中可称首屈一指。一个外省旅行者，若想到湘西的永绥，乾城，凤凰研究湘边苗族的分布状况。或想从湘西往四川的酉阳，秀山调查桐油的生产，往贵州的铜仁，调查朱砂水银的生产，往玉屏调查竹料种类，注意造箫制纸的手工业生产情况，皆可在桃源县魁星阁下边，雇妥那么一只小船，沿沅河溯流而上，直达目的地，到地时取行李上岸落店，毫无何等困难。

一只桃源小划子上只能装载一二客人。照例要个舵手，管理后梢，调动船只左右。张挂风帆，松紧帆索，捕捉河面山谷中的微风。放缆拉船，量渡河面宽窄与河流水势，伸缩竹缆。另外还要个拦头工人，上滩下滩时看水认容口，出事前提醒舵手躲避石头、恶浪与洑流，出事后点篙子需要准确，稳重。这种人还要有胆量，有气力，有经验。张帆落帆都得很敏捷的即时拉桅下绳索。走风船行如箭时，便蹲坐在船头上叫喝呼啸，嘲笑同行落后的船只。自己船只落后被人嘲骂时，还要回骂；人家唱歌也得用歌声作答。两船相碰说理时，不让别人占便宜。动手打架时，先把篙子抽出拿在手上。船只逼入急流乱石中，不问冬夏，都得敏捷而勇敢的脱光衣裤，向急流中跳去，在水里尽肩背之力使船只离开险境。掌舵的因事故不能尽职，就从船顶爬过船尾去，作个临时舵手。船上若有小水手，还应事事照料小水手，指点小水手。更有一份不可推却的职务，便是在一切过失上，应与掌舵的各据小船一头，相互辱宗骂祖，继续使船前进。小船除此两人以外，尚需要个小水手居于杂务地位，淘米，烧饭，切菜，洗碗，无事不作。行船时应荡桨就帮同荡桨，应点篙就帮同持篙。这种小水手大都在学习期间，应处处留心，取得经验同本领。除了学习看水，看风，记石头，使用篙桨以外，也学习挨打挨骂。尽各种古怪希奇字眼儿成天在耳边反复响着，好好的保留在记忆里，将来长大时再用它来辱骂旁人。上行无风吹，一个人还负了纤板，曳着一段竹缆，在荒凉河岸小路上拉船前进。小船停泊码头边时，又得规规矩矩守船。关于他们经济情势，舵手多为船家长年雇工，平均算来合八分到一角钱一天。拦头工有长年雇定的，人若年富力强多经验，待遇同掌舵的差不多。若只是短期包来回，上行平均每天可得一毛或一毛五分钱，下行则尽义务吃白饭而已。至于小水手，学习期限看年龄同本事来，有些人每天可得两分钱作零用，有些人在船上三年五载吃白饭。上滩时一个不小心，闪不知被自己手中竹篙弹入乱石激流中，泅水技术又不在行，在水中淹死了，船主方面写得有字据，生死家长不能过问。掌舵的把死者剩余的一点衣服交给亲长说明白落水情形后，烧几百钱纸，手续便清楚了。

一只桃源划子，有了这样三个水手，再加上一个需要赶路，有耐心，不嫌孤独，能花个二十三十的乘客，这船便在一条清明透澈的沅水上下游移动起来了。在这条河里在这种小船上作乘客，最先见于记载的一人，应当是那疯疯癫癫的楚逐臣屈原。在他自己的文章里，他就说道："朝发枉渚兮，夕宿辰阳。"若果他那文章还值得称引，我们尚可以就"沅有芷兮澧有兰"与"乘舲上沅"这些话，估想他当年或许就坐了这种小船，溯流而上，到过出产香草香花的沅州。沅州上游不远有个白燕溪，小溪谷里生长芷草，到如今还随处可见。这种兰科植物生根在悬崖罅隙间，或蔓延到松树枝椏上，长叶飘拂，花朵下垂成一长串，风致楚楚。花叶形体较建兰柔和，香味较建兰淡远。游白燕溪的可坐小船去，船上人若伸手可及，多随意伸手摘花，顷刻就成一束。若崖石过高，还可以用竹篙将花打下，尽它堕入清溪洄流里，再用手去溪里把花捞起。除了兰芷以外，还有不少香草香花，在溪边崖下繁殖。那种黛色无际的崖石，那种一丛丛幽香眩目的奇葩，那种小小回旋的溪流，合成一个如何不可言说迷人心目的圣境！若没有这种地方，屈原便再疯一点，据我想来他文章未必就能写得那么美丽。

甚么人看了我这个记载，若神往于香草香花的沅州，居然从桃源包了小船，过沅州去，希望实地研究解决《楚辞》上几个草木问题。到了沅州南门城边，也许无意中会一眼瞥见城门上有一片触目黑色。因好奇想明白它，一时可无从向谁去询问。他所见到的只是一片新的血迹，并非甚么古迹。大约在清党前后，有个晃州姓唐的青年，北京农科大学毕业生，在沅州晃州两县，用党务特派员资格，率领了两万以上四乡农民和一群青年学生，肩持各种农具，上城请愿。守城兵先已得到长官命令，不许请愿群众进城。于是双方自然而然发生了冲突。一面是旗帜，木棒，呼喊与愤怒，一面是居高临下，一尊机关枪同十支步枪。街道既那么窄，结果站在最前线上的特派员同四十多个青年学生与农民，便全在城门边牺牲了。其余农民一看情形不对，抛下农具四散跑了。那个特派员的尸体，于是被兵士用刺刀钉在城门木板上示众三天。三天过后，便连同其他牺牲者，一齐抛入屈原所称赞的清流里喂鱼吃了。几年来本地人在内战反复中被派捐拉伕，应付差役中把日子混过去，大致把这件事也慢慢的忘掉了。

桃源小船载到沅州府，舵手把客人行李扛上岸，讨得酒钱回船时，这些水手必乘兴过南门外皮匠街走走。那地方同桃源的后江差不多，住下不少经营最古职业的人物，地方既非商埠，价钱可公道一些。花五角钱关一次门，上船时还可以得一包黄油油的上净丝烟，那是十年前的规矩。照目前百物昂贵情形想来，一切当然已不同了，出钱的花费也许得多一点，收钱的待客也许早已改用“美丽牌”代替“上净丝”了。

或有人在皮匠街蓦然间遇见水手，对水手发问：“弄船的，‘肥水不落外人田’，家里有的你让别人用，用别人的你还得花钱，这上算吗？”

那水手一定会拍着腰间麂皮抱兜，笑眯眯的回答说：“大爷，‘羊毛出在羊身上’，这钱不是我桃源人的钱，上算的。”

他回答的只是后半截，前半截却不必提。本人正在沅州，离桃源远过六七百里，桃源那一个他管不着。

便因为这点哲学，水手们的生活，比起“风雅人”来似乎也洒脱多了。若说话不犯忌讳，无人疑心我“袒护无产阶级”，我还想说，他们的行为，比起那些读了些“子曰”，带了五百家香艳诗去桃源寻幽访胜，过后江讨经验的“风雅人”来，也实在还道德的多。

1935年3月作于北平大城中

阿金

沈从文

黄牛寨十五赶场，鸦拉营的地保，在场头上一个狗肉铺子里，吃过一斤肥狗肉，喝过半斤包谷烧，格外热心好事，向一个预备和寡妇结婚的好友阿金进言。这地保说话的本领，原同他吃狗肉的本领一样好，成天不会餍足。又好像是由于胃口好，话也格外多。

“阿金管事，我直得同一根葱一样，把话说尽了。听不听全在你。我告你的事是幺是六，清清楚楚。事情摆在你面前，要是不要，你自己决定。你已经不是小孩子。你懂得别人不懂的许多事情——譬如扒算盘，九九归一，就使人佩服。你头脑明白，不是醉酒。你要讨老婆，这是你的事情，不用别人出主意做军师。不过我说，女人脾气不容易捉摸。我们看过许多会管账的人，管不了一个老婆；家里有福不享福，脚板心痒痒的，闪不知，就跟唱花鼓戏的旦角溜了。我们又得承认，许多大人带兵管将有作为，有手段，独断独行，威风凛凛，一到女人面前就糟糕。为什么巡防军的游击大人，被官太太罚跪到榻凳上，笑话会遐迩尽知？为什么有人说我们县长怕老婆，还拿来扮戏？为什么在鸦拉营地方为人正直的阿金，也有一天吃妇人洗脚水？这事情你不怕人说，难道我还怕人说？”

地保一番好心好意告给阿金，反复引古证今，说有些人不宜讨媳妇，和个小铜锣一样，尽在耳边敲得当当响。所谓阿金者，这时节似乎有点听厌烦了，站起身来，正想拔脚走去，来个溜之大吉。

地保眼尖手快，隔桌子一手把阿金捞着，不即放手。走是不行的了。地保力气大，有武功，能敌得过两个阿金。

“兄弟你别着急！你得听完我的好话再走不迟！我不怕人说我有私心，愿意鸦拉营正派人阿金作地保的侄女婿。谣言从天上来，我也不怕。我不图财，不图名，劝你多想一天两天。你为什么这样忙？我的话你不能听完，耳边风，左边来右边出去，将来你能同那女人相处长久？”

阿金带着告饶神气，“我的哥，你放手，我听你说！”

地保笑了。他望阿金笑，自知以力服人非心服。笑阿金为女人着迷到这样子，全无考虑，就只想把女人接进门，真像吃了什么迷魂汤。又笑自己做老朋友的，也不很明白为什么今天特别有兴致，非把话说完不可。见阿金样子像求情告饶，倒觉得好笑起来了。不拘是这时，是先前，地保对阿金原本完完全全是一番好意，不存丝毫私心的。

除了口多，爱说点闲话，这地保在鸦拉营原被所有人称为正派的。就是口多，爱说说这样那样，在许多人面前，也仍然不算坏人啊！一个地保，他若不爱说话，成天到各处去吃酒坐席，仿佛一个哑子，地保的身份，还在什么地方可以找寻呢？一个知县的本分，照本地人说来，只是拿来坐轿子下乡，把个一百四十八斤重结结实实的身体，给那三个轿夫压一身臭汗。一个地保不长于语言，可真不成其为地保！

地保见阿金重复又坐定了后，他把拉阿金那一只右手，拿起桌上的刀来就割，割了就往口里送。（割的是狗肉！）他嚼着那油肥肥的狗肉，从口中发出咀嚼的声音，把眼睛略闭了一会，又复睁开，话又说到了阿金婚事的得失。

……

总而言之，他要阿金多想一天。就只一天，老朋友的建议总不能不稍加考虑！因为不能说不赞成这件事，这地保到后来方提出那么一个办法，凡是等“明天”再说。仿佛这一天有极大关系存在，一到明天就“革命”似的，使世界一切发生了变化，天下太平。这婚事阿金原是预备今晚上就定规的。抱兜里的钱票一束，就为的是预备下定钱作聘礼用的东西。这乡下人今年三十三岁，手摸钞票、洋钱摸厌了，如今存心想换换花样。算不得是怎样不合理的欲望！但是禁不住地保用他的老友资格一再劝告，且所说的只是一天的事，只想一天，想不想还是由自己，不让步真像对不起这好人。他到后只好答应下来了。

为了使地保相信——也似乎为了使地保相信方能脱身的原因，阿金管事举起酒杯，喝了一杯白酒，当天赌了个咒作担保，说今天不上媒人家走动，绝对要回家考虑，绝对要想想利害。赌过咒，地保方面得了保障，到后更满意的微笑着，近于开释似的把阿金管事放走了。

阿金在乡场上，各处走动了一阵。今天苗族女人格外多。各处是年轻的风仪，年轻的声音，年轻的气味。因此阿金更不能忘情粑粑寨那年轻寡妇。粑粑寨这个年轻女人是妖是神，比酒还使人沉醉，要不承认是不行的。这管事，打量讨进门的女人，就正是一寨中身体顶壮、肌肤顶白的一个女子！

在别的许多地方，一个人有了点积蓄时，照例可以作许多事情。或者花五百银子，买一匹名叫“拿破仑”的狼狗；或者花一千银子，买一部宋版书。这样那样，钱总有个花处，花的又开心又得体。还有作军官的杀了许多人，得了许多钱，又把钱嫖赌逍遥，哗剌哗剌花去，也像是悖入悖出都十分自然。阿金是苗人，生长在苗地，他不明白这些城里人事情。他只按照一个当地平常人的希望，要得到一种机会，将自己的精力和身边储蓄，用在一个妇人身上去。精致的物品只合那有钱的人享用，这句话凡是世界上所有用货币的地方都通行。这妇人的聘礼值五头黄牛，凡出得起这个价钱作聘礼的人，都有作她丈夫的资格。阿金管事既不缺少这份金钱，自然就想要这个结实精致、体面妇人到家作老婆。

妇人新寡不多久，婆家照规矩可以让她走路，但是得收回一笔财礼。人在本地出名的美丽。大致因为美，引起了许多人的不平。许多无从和这个妇人亲近的汉子中，就传述了一种只有男子们才会有的谣言。地保既是阿金的老友，因此一来，自然就感到一分责任了。地保奉劝阿金，不是为自己有侄女看上了阿金，也不是自己看上了那妇人，这意思是得到了阿金管事谅解的。既然谅解了老友，阿金当真觉得不大方便在今天上媒人家了。

知道了阿金不久将为那美妇人的新夫的大有其人。这些人，今天同样的来到了黄牛寨场上会集，见到阿金就问："阿金管事，什么时候可吃喜酒？"这正直乡下人，在心上好笑，随口说是："快了吧，一个月以内吧。"答着这样话时，阿金管事显得非常快乐。因为照本地规矩，一面说吃酒，一面就有送礼物道贺意思。如今刚好进十月，十月小阳春，山桃也开了花，正是乡下各处吹唢呐接亲送女的一个好季节。

说起这妇人，阿金管事仿佛挨到了妇人的白肉，或亲着了妇人的脸，有说不出的兴奋快活。他的身子虽在场坪里打转，他的心还是在媒人家那一边。人家那一边也正等待阿金一言为定。

虽然赌了小咒，说决定想一天再看，然而事情终归办不到。"驿马星"已动，不由自主又向做媒那家走去了。走到了街的一端狗肉摊前时，却迎面遇见了好心地保，把手一摊，拦住了去路。

"阿金管事，这是你的事情，我本来不必管。不过你答应了我想一天！"

原来地保鬼灵精，预先等候在那里。他知道阿金会翻悔的。阿金一望到那个大酒糟鼻子，连话也不多听，就回头拔脚走了。

地保一心为好，候在那去媒人家的街口，预备拦阻阿金，这关切真来得深厚。阿金明白这种关切意思，只有赶快回头走路。

他回头时就绕了这场坪，走过卖牛羊处去，看别人做牛羊买卖。认得到阿金管事的，都来问他要不要牛羊。他只要人。他预备的是用值得六只牯牛的银钱，换一个身体肥胖胖白蒙蒙的、年纪二十二岁的妇人。望到别人牛羊全成了交易，心中有点难过，不知不觉又往媒人家路上走去。老远就听得那地保和他人说话的声音，知道那好管闲事的人还坚守在阵地上，简直像狗守门，第二次又回了头。

第三次已悄悄走过了地保身边，却被另一人拉着讲话，所以终于又被地保发现，赶来一手拉住。又不能进媒人家里。

第四次他还只起了心，就有另一个熟人来奉告，说是地保还端坐在那狗肉摊边不动，和人谈天，谈到阿金赌咒的事情。阿金便不好意思再过去冒险了。

地保的好心肠的的确确全为的是替阿金打算。他并不想从中叨光，也不想拆散鸳鸯。究竟为什么不让阿金抱兜中洋钱送上媒人的门，是一件很不容易明白的事。但他总有他的道理。好管闲事的脾气，这地保平素虽有一点，也不很多，恰恰今天他却多喝了半斤“闷胡子”，吃了斤“汪汪叫”，显得特别关心到阿金的婚事。究竟为什么缘故？因为妇人太美，麻衣相书上写明“克夫”。老朋友意思，不大愿意阿金勤苦多年积下的一注财产、一份事业为一个相书上注明克夫的妇人毁去。

为了避开这麻烦，决计让地保到夜炊时回家，再上媒人家去下定钱。阿金管事无意中走到场坪端赌场里面去看看热闹。一个心里有事情的人，赌博自然不大留心。阿金一进了赌场，也同别的许多人一样，由小到大，很豪兴的玩了一阵。到得出来时，天当真已入夜了。这时节看来无论如何那个地保应当回家吃红燉猪脚去了。但是阿金抱兜已空，翻转来看，还是罄空尽光，所有钱财既然业已输光，好像已无须乎再上媒人家商量迎娶了。一切倒省事，什么忌讳倒是多余的担心！

过了几天，鸦拉营为人正直热情的地保，在路上遇到那为阿金做媒的人。问起阿金管事的婚事究竟如何。媒人说阿金管事出不起钱，妇人已归一个远方绸商带走了。亲眼见到阿金抱兜里一大束钞票的地保，还以为必是好友阿金已相信了他的忠告，觉得美妇人不能做媳妇，因此将做亲事的念头打消了，假装没钱，不再定约。地保还自以为自己做了一件很对得起朋友的事情，即刻就带了一大葫芦烧酒，走到黄牛寨去看阿金管事，为老朋友的有决断致贺。

1928年12月写成

鸭窠围的夜

沈从文

天快黄昏时落了一阵雪子，不久就停了。天气真冷，在寒气中一切都仿佛结了冰。便是空气，也像快要冻结的样子。我包定的那一只小船，在天空大把撒着雪子时已泊了岸。从桃源县沿河而上这已是第五个夜晚。看情形晚上还会有风有雪，故船泊岸边时便从各处挑选好地方。沿岸除了某一处有片沙岨宜于泊船以外，其余地方全是黛色如屋的大岩石。石头既然那么大，船又那么小，我们都希望寻觅得到一个能作小船风雪屏障，同时要上岸又还方便的处所。凡是可以泊船的地方早已被当地渔船占去了。小船上的水手，把船上下各处撑去，钢钻头敲打着沿岸大石头，发出好听的声音，结果这只小船，还是不能不同许多大小船只一样，在正当泊船处插了篙子，把当作锚头用的石碇抛到沙上去，尽那行将来到的风雪，摊派到这只船上。

这地方是个长潭的转折处，两岸是高大壁立千丈的山，山头上长着小小竹子，长年翠色逼人。这时节两山只剩余一抹深黑，赖天空微明为画出一个轮廓。但在黄昏里看来如一种奇迹的，却是两岸高处去水已三十丈上下的吊脚楼。这些房子莫不俨然悬挂在半空中，借着黄昏的余光，还可以把这些希奇的楼房形体看得出个大略。这些房子同沿河一切房子有个共通相似处，便是从结构上说来，处处显出对于木材的浪费。房屋既在半山上，不用那么多木料，便不能成为房子吗？半山上也用吊脚楼形式，这形式是必须的吗？然而这条河水的大宗出口是木料，木材比石块还不值价。因此，即或是河水永远长不到处，吊脚楼房子依然存在，似乎也不应当有何惹眼惊奇了。但沿河因为有了这些楼房，长年与流水斗争的水手，寄身船中枯闷成疾的旅行者，以及其他过路人，却有了落脚处了。这些人的疲劳与寂寞是从这些房子中可以一律解除的。地方既好看，也好玩。

河面大小船只泊定后，莫不点了小小的油灯，拉了篷。各个船上皆在后舱烧了火，用铁鼎罐煮红米饭，饭焖熟后，又换锅子熬油，哗的把菜蔬倒进热锅里去。一切齐全了，各人蹲在舱板上三碗五碗把腹中填满后，天已夜了。水手们怕冷怕动的，收拾碗盏后，就莫不在舱板上摊开了被盖，把身体钻进那个预先卷成一筒又冷又湿的硬棉被里去休息。至于那些想喝一杯的，发了烟瘾得靠靠灯，船上烟灰又翻尽了的，或一无所为，只是不甘寂寞，好事好玩想到岸上去烤烤火谈谈天的，便莫不提了桅灯，或燃一段废缆子，摇晃着从船头跳上了岸，从一堆石头间的小路径，爬到半山上吊脚楼房子那边去，找寻自己的熟人，找寻自己的熟地。陌生人自然也有来到这条河中来到这种吊脚楼房子里的时节，但一到地，在火堆旁小板凳上一坐，便是陌生人，即刻也就可以称为熟人乡亲了。

这河边两岸除了停泊有上下行的大小船只三十左右以外，还有无数在日前趁融雪涨水放下形体大小不一的木筏。较小的木筏，上面供给人住宿过夜的棚子也不见，一到了码头，便各自上岸找住处去了。大一些的木筏呢，则有房屋，有船只，有小小菜园与养猪养鸡栅栏，还有女眷和小孩子。

黑夜占领了全个河面时，还可以看到木筏上的火光，吊脚楼窗口的灯光，以及上岸下船在河岸大石间飘忽动人的火炬红光。这时节岸上船上都有人说话，吊脚楼上且有妇人在黯淡灯光下唱小曲的声音，每次唱完一支小曲时，就有人笑嚷。甚么人家吊脚楼下有匹小羊叫，固执而且柔和的声音，使人听来觉得忧郁。我心中想着：“这一定是从别一处牵来的，另外一个地方，那小畜生的母亲，一定也那么固执的鸣着吧。”算算日子，再过十一天便过年了。“小畜生明不明白只能在这个世界上活过十天八天？”明白也罢，不明白也罢，这小畜生是为了过年而赶来，应在这个地方死去的。此后固执而又柔和的声音，将在我耳边永远不会消失。我觉得忧郁起来了。我仿佛触着了这世界上一点东西，看明白了这世界上一点东西，心里软和得很。

但我不能这样子打发这个长夜。我把我的想象，追随了一个唱曲时清中夹沙的妇女声音到她的身边去了。于是仿佛看到了一个床铺，下面是草荐，上面摊了一床用旧帆布或别的旧货做成脏而又硬的棉被，搁在床正中被单上面的是一个长方木托盘，盘中有一把小茶盏，一个小烟匣，一支烟枪，一块小石头，一盏灯。盘边躺着一个人在烧烟。唱曲子的妇人，或是袖了手捏着自己的膀子站在吃烟者的面前，或是靠在男子对面的床头，为客人烧烟。房子分两进，前面临街，地是土地，后面临河，便是所谓吊脚楼了。这些人房子窗口既一面临河，可以凭了窗口呼喊河下船中人，当船上人过了瘾，胡闹已够，下船时，或者尚有些事情嘱托，或有其他原因，一个晃着火炬停顿在大石间，一个便凭立在窗口，“大佬你记着，船下行时又来。”“好，我来的，我记着的。”“你见了顺顺就说，会呢，完了；孩子大牛呢，脚膝骨好了。细粉带三斤，冰糖或片糖带三斤。”“记得到，记得到，大娘你放心，我见了顺顺大爷就说：‘会呢，完了。大牛呢，好了。细粉来三斤，冰糖来三斤。’”“杨氏，杨氏，一共四吊七，莫错账！”“是的，放心呵，你说四吊七就四吊七，年三十夜莫会要你多的！你自己记着就是了！”这样那样的说着，我一一都可听到，而且一面还可以听着在黑暗中某一处咩咩的羊鸣。我明白这些回船的人是上岸吃过“荤烟”了的。

我还估计得出，这些人不吃“荤烟”，上岸时只去烤烤火的，到了那些屋子里时，便多数只在临街那一面铺子里。这时节天气太冷，大门必已上好了，屋里一隅或点了小小油灯，屋中必就地掘了个浅凹，烧了些树根柴块。火光煜煜，且时时刻刻爆炸着一种难于形容的声音。火旁矮板凳上坐有船上人，木筏上人，有对河住家的熟人。且有虽为天所厌弃还不自弃年过七十的老妇人，闭着眼睛蜷成一团蹲在火边，悄悄的从大袖筒里取出一片薯干或一枚红枣，塞到嘴里去咀嚼。有穿着肮脏身体瘦弱的孩子，手擦着眼睛傍着火旁的母亲打盹。屋主人有为退伍的老军人，有翻船背运的老水手，有单身寡妇。借着火光灯光，可以看得出这屋中的大略情形，三堵木板壁上，一面必有个供奉祖宗的神龛，神龛下空处或另一面，必贴了一些大小不一的红白名片。这些名片倘若有那些好事者加以注意，用小油灯照着，去仔细检查检查，便可以发现许多动人的名衔。军队上的连副，上士，一等兵，商号中的管事，当地的团总，保正，催租吏，以及照例姓滕的船主，洪江的木簰商人，与其他各行各业人物，无所不有。这是近一二十年来经过此地若干人中一小部分的题名录。这些人各用一种不同的生活，来到这个地方，且同样的来到这些屋子里，坐在火边或靠近床上，逗留过若干时间。这些人离开了此地后，在另一世界里还是继续活下去，但除了同自己的生活圈子中人发生关系以外，与一同在这个世界上其他的人，却仿佛便毫无关系可言了。他们如今也许早已死掉了；水淹死的，枪打死的，被外妻用砒霜谋杀的，然而这些名片却依然将好好的保留下去。也许有些人已成了富人名人，成了当地的小军阀，这些名片却仍然写着催租人，上士等等的衔头。 …… 除了这些名片，那屋子里是不是还有比它更引人注意的东西呢？锯子，小捞兜，香烟大画片，装干栗子的口袋 ……

提起这些问题时使人心中很激动。我到船头上去眺望了一阵。河面静静的，木筏上火光小了，船上的灯光已很少了，远近一切只能借着水面微光看出个大略情形。另外一处的吊脚楼上，又有了妇人唱小曲的声音，灯光摇摇不定，且有猜拳声音。我估计那些灯光同声音所在处，不是木筏上的簰头在取乐，就是水手们小商人在喝酒。妇人手指上说不定还戴了水手特别为从常德府捎带来的镀金戒指，一面唱曲一面把那只手理着鬓角，多动人的一幅画图！我认识他们的哀乐，这一切我也有份。看他们在那里把每个日子打发下去，也是眼泪也是笑，离我虽那么远，同时又与我那么相近。这正同读一篇描写西伯利亚的农人生活动人作品一样，使人掩卷引起无言的哀戚。我如今只用想象去领会这些人生活的表面姿态，却用过去一分经验，接触着了这种人的灵魂。

羊还固执的鸣着。远处不知甚么地方有锣鼓声音，那一定是某个人家禳土酬神还愿巫师的锣鼓。声音所在处必有火燎与九品蜡，照耀争辉。眩目火光下必有头包红布的老巫师独立作旋风舞，门上架上有黄钱，平地有装满了谷米的平斗。有新宰的猪羊伏在木架上，头上插着小小五色纸旗。有行将为巫师用口把头咬下的活公鸡，缚了双脚与翼翅，在土坛边无可奈何的躺卧。主人锅灶边则热了满锅猪血稀粥，灶中正火光熊熊。

邻近一只大船上，水手们已静静的睡下了，只剩余一个人吸着烟，且时时刻刻把烟管敲着船舷。也像听着吊脚楼的声音，为那点声音所激动，引起种种联想，忽然按捺自己不住了，只听到他轻轻的骂着野话，擦了支自来火，点上一段废缆，跳上岸往吊脚楼那里去了。他在岸上大石间走动时，火光便从船篷空处漏进我的船中。也是同样的情形吧，在一只装载棉军服向上行驶的船上，泊到同样的岸边，躺在成束成捆的军服上面，夜既太长，水手们爱玩牌的各蹲坐在舱板上小油灯光下玩天九，睡既不成，便胡乱穿了两套棉军服，空手上岸，借着石块间还未融尽残雪返照的微光，一直向高岸上有灯光处走去。到了街上，除了从人家门罅里露出的灯光成一条长线横卧着，此外一无所有。在计算中以为应可见到的小摊上成堆的花生，用“哈德门”长烟匣装着干瘪瘪的小橘子，切成小方块的片糖，以及在灯光下看守摊子把眉毛扯得极细的妇人（这些妇人无事可做时还会在灯光下做点针线的），如今什么也没有。既不敢冒昧闯进一个人家里面去，便只好又回转河边船上了。但上山时向灯光凝聚处走去，方向不会错误。下河时可糟了。糊糊涂涂在大石小石间走了许久，且大声喊着，才走近自己所坐的一只船。上船时，两脚全是泥，刚攀上船舷还不及脱鞋落舱，就有人在棉被中大喊："伙计哥子们，脱鞋呀！"把鞋脱了还不即睡，便镶到水手身旁去看牌，一直看到半夜。——十五年前自己的事，在这样地方温习起来，使人对于命运感到十分惊异。我懂得那个忽然独自跑上岸去的人，为甚么上去的理由！

等了一会儿，邻船上那人还不回到他自己的船上来，我明白他所得的必比我多了一些。我想听听他回来时，是不是也像别的船上人，有一个妇人在吊脚楼窗口喊叫他。许多人都陆续回到船上了，这人却没有下船。我记起水手柏子。但是，同样是水上人，一个那么快乐的赶到岸上去，一个却是那么寂寞的跟着别人后面走上岸去，到了那些地方，情形不会同柏子一样，也是很显然的事了。

为了我想听听那个人上船时那点推篷声音，我打算着，在一切声音全已安静时，我仍然不能睡觉。我等待那点声音。大约到午夜十二点，水面上却起了另外一种声音。仿佛鼓声，也仿佛汽油船马达转动声，声音慢慢的近了，可是慢慢的又远了。像是一个有魔力的歌唱，单纯到不可比方，也便是那种固执的单调，以及单调的延长，使一个身临其境的人，想用一组文字去捕捉那点声音，以及捕捉在那长潭深夜一个人为那声音所迷惑时节的心情，实近于一种徒劳无功的努力。那点声音使我不得不再从那个业已用被单塞好空罅的舱门，到船头去搜索它的来源。河面一片红光，古怪声音也就从红光一面掠水而来。原来日里隐藏在大岩下的一些小渔船，在半夜前早已静悄悄的下了拦江网。到了半夜，把一个从船头伸在水面的铁兜，盛上燃着熊熊烈火的油柴，一面用木棒槌有节奏的敲着船舷各处漂去。身在水中见了火光而来与受了柝声吃惊四窜的鱼类，便在这种情形中触了网，成为渔人的俘虏。

一切光，一切声音，到这时节已为黑夜所抚慰而安静了，只有水面上那一分红光与那一派声音。那种声音与光明，正为着水中的鱼和水面的渔人生存的搏战，已在这河面上存在了若干年，且将在接连而来的每个夜晚依然继续存在。我弄明白了，回到舱中以后，依然默听着那个单调的声音。我所看到的仿佛是一种原始人与自然战争的情景。那声音，那火光，都近于原始人类的战争，把我带回到四五千年那个“过去”时间里去。

不知在甚么时候开始落了很大的雪，听船上人细语着，我心想，第二天我一定可以看到邻船上那个人上船时节，在岸边雪地上留下那一行足迹。那寂寞的足迹，事实上我却不曾见到，因为第二天到我醒来时，小船已离开那个泊船处很远了。

作于1934年

三三

沈从文

杨家碾坊在堡子外一里路的山嘴路旁。堡子位置在山弯里，溪水沿了山脚流过去，平平的流，到山嘴折弯处忽然转急，因此很早就有人利用它，在急流处筑了一座石头碾坊。这碾坊，不知从什么时候起，就叫杨家碾坊了。

从碾坊往上看，看到堡子里比屋连墙，嘉树成荫，正是十分兴旺的样子。往下看，夹溪有无数山田，如堆积蒸糕；因此种田人借用水力，用大竹扎了无数水车，用椿木做成横轴同撑柱，圆圆的如一面锣，大小不等竖立在水边。这一群水车，就同一群游手好闲人一样，成日成夜不知疲倦的咿咿呀呀唱着意义含胡的歌。

一个堡寨里只有这样一座碾坊，所以凡是堡子里碾米的事都归这碾坊包办。成天有人轮流挑了仓谷来，把谷子倒到石槽里去后，抽去水闸的板，枧槽里水冲动了下面的暗轮，石磨盘带着动情的声音，即刻就转动起来了。于是主人一面谈说一件事情，一面清理簸箩筛子，到后头上包了一块白布，拿着个长把的扫帚，追逐磨盘，跟着打圈儿，扫除溢出槽外的谷米，再到后，谷子便成白米了。

到米碾好了，筛好了，把米糠挑走之后，主人全身是糠灰，常常如同一个滚入豆粉里的汤圆。然而这生活，是明明白白比堡子里许多人生活还从容，而为一堡子中人所羡慕的。

凡是到杨家碾坊碾过谷子的，都知道杨家三三。妈妈二十年前嫁给守碾坊的杨，三三五岁，爸爸就丢下碾坊同母女，什么话也不说死去了。爸爸死去后，母亲作了碾坊的主人，三三还是活在碾坊里，吃米饭同青菜、小鱼、鸡蛋过日子，生活毫无什么不同处。三三先是眼见爸爸成天全身是糠灰；到后爸爸不见了，妈妈又成天全身是糠灰…… 于是三三在哭里笑里慢慢的长大了。

妈妈随着碾槽转，提着小小油瓶，为碾盘的木轴铁心上油，或者很兴奋的坐在屋角拉动架上的筛子时，三三总很安静的自己坐在另一角玩。热天坐到风凉处吹风，用包谷秆子作小笼，捉蝈蝈、纺织娘玩。冬天则伴同猫儿蹲到火桶里，拨灰煨栗子吃。或者有时候从碾米人手上得到一个芦管作成的唢呐，就学着打大傩的法师神气，屋前屋后吹着，半天还玩不厌倦。

这碾坊外屋上墙上爬满了青藤，绕屋全是葵花同枣树，疏疏树林里，常常有三三葱绿衣裳的飘忽。因为一个人在屋里玩厌了，就出来坐在废石槽上洒米头子给鸡吃；在这时，什么鸡逞强欺侮了另一只鸡，三三就得赶逐那横蛮无理的鸡，直等到妈妈在屋后听到鸡声，代为讨情才止。

这碾坊上游有一潭，四面是大树覆，六月里阳光照不到水面。碾坊主人在这潭中养得有几只白鸭子，水里的鱼也比上下溪里多。照当地习惯，凡靠自己屋前的水，也算是自己财产的一份。水坝既然全为了碾坊而筑成的，一乡公约不许毒鱼下网，所以这小溪里鱼极多。遇不甚面熟的人来钓鱼，看潭边幽静，想蹲一会儿，三三见到了时，总向人说："不行，这鱼是我家潭里养的，你到下面去钓吧。"人若顽皮一点，听了这个话等于不听到，仍然拿着长长的竿子，搁到水面上去安闲的吸着烟管，望着这小姑娘发笑。三三急了，便高声喊叫她的妈："娘，娘，你瞧，有人不讲规矩，钓我们的鱼，你来折断他的竿子，你快来！"娘自然是不会来干涉别人钓鱼的。

母亲就从没有照到女儿意思折断过谁的竿子，照例将说："三三，鱼多咧，让别人钓吧。鱼是会走路的，上面堡子塘里的鱼，因为欢喜我们这里的水，都跑来了。"三三照例应当还记得夜间做梦，梦到大鱼从水里跃起来吃鸭子，听完这个话，也就没有什么可说了，只静静的看着，看这不讲规矩的人，到后究竟钓了多少鱼去。她心里记着数目，回头好告给妈妈。

有时因为鱼太大了一点，上了钓，拉得不合式，撇断了钓竿，三三可乐极了，仿佛娘不同自己一伙，鱼反而同自己是一伙了的神气。那时就应当轮到三三向钓鱼人咧着嘴发笑了。但是三三却常常急忙跑回去，把这事告给母亲，母女两人同笑。

有时钓鱼的人是熟人，人家来钓鱼时，见到了三三，知道她的脾气，就照例不忘记问："三三，许我钓鱼吧。"三三便说："鱼是各处走动的，又不是我们养的，怎么不能钓。"同一件事情对待不同，原来是来人讲礼，三三也讲礼。

钓鱼的是熟人时，三三常常搬了小小木凳子，坐在旁边看鱼上钩，且告给这人，另一时谁个把钓竿撇断的故事。到后这熟人回到碾坊时，照例会把所得的大鱼分一些给三三家。三三看着母亲用刀剖鱼，掏出白色的鱼脬来，就放在地下用脚去踹，发声如放一枚小爆仗，听来十分快乐。鱼洗好后，揉了些盐，三三忙取麻线来把鱼穿好，挂到太阳下去晒。等待有客时，这些干鱼同辣子炒在一个碗里待客。母亲如想到折钓竿的话，将说："这是三三的鱼。"三三就笑，心想着："怎么不是三三的鱼？潭里的鱼若不是归我照管，早被村子里看牛孩子捉完了。"

三三如一般小孩，换几回新衣，过几回节，看几回狮子龙灯，就长大了。熟人都说看到三三是在糠灰里长大的。一个堡子里的人，都愿意得到这糠灰里长大的女孩子作媳妇，因为人人都知道这媳妇的妆奁是一座石头作成的碾坊。照规矩十五岁的三三，要招郎上门，也应当是时候了。但妈妈有了一点私心，记得一次签上的话语，不大相信媒人的话语，所以这碾坊还是只有母女二人，一时节不曾有谁添入。

三三大了，还是同小孩一样，一切得傍着妈妈。母女两人把饭吃过后，在流水里洗了脸，眺望行将下沉的太阳，一个日子就打发走了。有时听到堡子里的锣鼓声音，或是什么人接亲，或是什么人做斋事，"娘，带我去看，"又像是命令又像是请求的说着；若无什么别的理由推辞时，娘总得答应同去。去一会儿，或停顿在什么人家喝一杯蜜茶，荷包里塞满了榛子、胡桃，预备回家时，有月亮天，什么也不用，就可以走回家。遇到夜色晦黑，燃了一把油柴，毕毕剥剥的响着爆着，什么也不必害怕。若到寨子里去玩时，还常有人打了灯笼火把送客，一直送到碾坊外边。三三觉得只有这类事是顶有趣味的事情。在雨里打灯笼走夜路，三三不能常常得到这机会，却常常梦到一人那么拿着小小红纸灯笼，在溪旁走着，好像只有鱼知道这回事。

当真说来，三三的事情，鱼知道的比母亲应当还多一点，也是当然的。三三在母亲身旁，说的是母亲全听得懂的话；那些凡是母亲不明白的，差不多都在溪边说去。溪边除了鸭子就只有那些水里的鱼。鸭子成天自己嘎嘎的叫个不休，哪里还有耳朵听别人说话！

这个夏天，母女两人一吃了晚饭，不到日黄昏，总常常过堡子里一个姓宋的熟人家去，陪一个行将远嫁的姑娘谈天，听一个从小寨来的人唱歌。有一天，照例又进堡子里去，

却因为谈到绣花，要三三回碾坊来取样子，三三就一个人赶忙跑回碾坊来，快到屋边时，黄昏里望到溪边有两个人影子，有一个人到树下，拿着一根竿子，好像要下钓的神气。三三心想，这一定是来偷鱼的，因此照规矩喊着："不许钓鱼，这鱼是有主人的！"一面想走上前去看是些什么人。

就听到一个人说："谁说溪里的鱼也有主人？难道溪里活水也可养鱼吗？"

另一人又说："这是碾坊里小姑娘说着玩的。"

先说话的第一个人就笑了。

旋即又听到第二个人说，"三三，三三，你来，你鱼都被人捉完了！"

三三听到人家取笑她，声音好像是熟人，心里十分不平。就冲过去，预备看是谁在此撒野，以便回头告给母亲。走过去时，才知道那第二回说话的人是堡子里一个管事先生，另外是一个从不见面的年轻男人。那男人手里拿的原来只是一个拐杖，不是什么钓竿。那管事先生认得三三，三三也认识他，所以当三三走近身时，就取笑说：

"三三，怎么鱼是你家里养的？你家养了多少鱼呀！"

三三见是堡子里管事先生，什么话也不说了，只低下头笑。头虽低低的，却望到那个好像从城里来的人白裤白鞋，且听到那个男子说："这女孩倒很聪明，很美，长得不坏。"管事的又说："这是我堡子里美人。"两人这样说着，那男子就笑了。

到这时，她猜测到男子是对她望着发笑。三三心想："你笑我干吗？"又想："你城里人只怕狗，见了狗也害怕，还笑人，真亏你不羞。"她好像这句话已说出了口，为那人听到了，故打量趁此跑去。管事先生知道她要害羞跑了，便说："三三，你别走，我们是来看你碾坊的。你娘呢？"

“娘不在碾坊。”

“到堡子里听小寨人唱歌去了，是不是？”

“是的。”

“你怎么不欢喜听唱歌？”

“你怎么知道我不欢喜？”

管事先生笑着说：“因为看你一个人回来，还以为你是听厌了那歌，担心这潭里鱼被人偷尽，所以赶回来看看，好小气！”

三三同管事先生说着，慢慢的把头抬起，望到那生人的脸目了，白白的脸好像在什么地方看见过，就估计：莫非这人是唱戏的小生，忘了擦去脸上的粉，所以那么白？…… 那男子见三三已不再怕人，就问三三：

“这是你的家里吗？”

三三说：“怎么不是我家！”

因为这答话很有趣味，那男子就说：

“你住在这个山沟边，不怕大水把你冲去吗？”

“嗨，”三三抿着小小美丽嘴唇，狠狠的望了这陌生男子一眼，心里想：“狗来了，你这人吓倒落到水里，水就会冲去你。”想着当真冲去的情形，一定很是好笑，就不理会这两人，笑着跑去了。

从碾坊取了花样子回向堡子走去的三三，在潭边再上游一点，望到那两个白色影子还在前面，不高兴又同这管事先生打麻烦，于是故意跟随这两个人身后，慢慢的走着。听到两个人说到城里什么人什么事情，听到说开河，又听到说学务局要办学校。因为这两人全都不知道有人在后面，所以自己觉得很有趣味。到后又听到管事先生提起碾坊，提起妈妈怎么好，更极高兴。再到后，就听那城里男人说：

“女孩子倒真俏皮，照你们乡下习惯，应当快放人了。”

那管事的先生笑着说：“少爷欢喜，要总爷做红叶，可以去说亲。

不过这碾坊是应当由姑爷管业的。”

三三轻轻的呸了一口，停顿了一下，把两个指头紧紧的塞了耳朵。但依然听到那两人的笑声。她想知道那个由城里来好像唱小生的人还要说些什么，所以不久就继续跟上前去。

那小生说些什么，可听不明白，就只听那个管事先生一人说话。那管事先生说：“做了碾坊主人，别的不说，成天可有新鲜鸡蛋吃，也很值得的！”话一说完，两人又笑了。

三三这次可再不能跟上去了，就坐在溪边的石头上，脸上发着烧，十分生气。心里想：“你要我嫁你，我才偏偏不嫁你！我家里的鸡就是成天下二十个蛋，我也不会给你一个吃。”坐了一会，凉凉的风吹脸上，水声淙淙使她记忆起先一时估计中那男子为狗吓倒跌在溪里的情形，可又快乐了，就望到溪里水深处，一人自言自语说：“你怎么这样不中用，管事的救你，你可以喊他救你！”

到宋家时，宋家婶子正说起一件已经说了一会儿的事情，只听宋家妇人说：

“…… 他们养病倒希奇，说是养病，日夜睡在廊下风里让风吹。…… 脸儿白得如闺女，见了人就笑。……谁说是团总的亲戚，总爷见他那种恭敬样子，你还不见到。福音堂洋人还怕他，他要媳妇有多少！”

母亲就说：“那么他养什么病？”

“谁知道是什么病？横顺成天吃那些甜甜的药，什么事情不做，在床上躺着。在城里是享福，来乡里也是享福。老庚说，害第三期的病，又说是痨病，说也说不清楚。谁清楚城里人那些病名字。依我想，城里人欢喜害病，所以病的名字特别多。我们不能因害病耽搁事情，所以除打摆子只发烧肚泻，别的名字的病，也就从不到乡下来了。”

另外一个妇人因为生过瘰疬，不大悦服宋家妇人武断的话，就说："我不是城里人，可是也害城里人的病。"

"你舅妈是城里人！"

"舅妈管我什么事？"

"你文雅得像城里人，所以才生疡子！"

这样说着，大家全笑了起来。

母女两人回去时，在路上三三问母亲："谁是白白脸庞的人？"母亲就照先前一时听人说过的话，告给三三，堡子里如何来了一位城里的病人，样子如何俊，性情如何怪。一个乡下人，对于城中人隔膜的程度，在那些描写里是分明易见的，自然说得十分好笑。在平常某个时节，三三对于母亲在叙述中所加的批评与稍稍过分的形容，总觉得母亲说得极其俨然，十分有味，这时不知如何却不相信这话了。

走了一会，三三忽问："娘，娘，你见到那个城里白脸人没有呢？"

妈妈说："我怎么见到他？我这几天又不到团总家里去。"

三三心想："你不见人怎么说了那么半天。"

三三知道妈妈不见到的，自己倒早见到了，便把这件事保守秘密，却十分高兴，以为只有自己明白这件事情，此外凡是说到城里人的都不甚可靠。

两人到潭边时，三三又问：

"娘，你见团总家管事先生没有？"

若是娘说没有见过，反问她一句，那么，三三就预备把先前遇到那两个人的一切，都说给妈妈听了。但母亲这时正想起别的一个问题，完全不关心三三的话，所以三三把方才的事情瞒着母亲，一个字不提。

第二天，三三的母亲到堡子里去，在团总家门前，碰着那个从城里来的白脸客人，同团总的管事先生，正在围城边看马打滚。那管事先生告她，说他们昨天曾到碾坊前散步，见到三三。又告给三三母亲说，这客人是从城里来养病的客人。到后就又告给那客人，说这个人就是碾坊的主人杨伯妈。那人说，真很同小三姐相像。那人又说三三长得很好，很聪明，做母亲的真福气。说了一阵话，把这老妇人说快乐了，在心中展开了一个幻景，想起自已觉得有些近于糊涂的事情，忙匆匆的回转碾坊去，望着三三痴笑。

三三不知母亲为什么今天特别乐，就问母亲到了什么地方，遇着了谁。

母亲想，应当怎么说好？想了许久才开口：

“三三，昨天你见过谁？”

三三说：“我见到谁？没有。”

娘就笑了，“三三你记记，晚上天黑时，你不看见两个人吗？”

三三以为是娘知道一切了，就忙说，“人有两个，一个是团总家管事的先生，一个是生人…… 怎么？”

“不怎么。我告你，那个生人就是城里来的先生，今天我看见他们，他们说已经和你认识了，所以我们说了许多话。那人真像个姑娘样子。”母亲说到这里时，想起一件事情好笑。

三三以为妈妈是在笑她，偏过头去看土地上灶马，不理会母亲。

母亲说：“他们问我要鸡蛋，你下半天送二十个去，好不好？”

三三听到说鸡蛋，打量昨天两个男人说的笑话都为母亲知道了，心里很不高兴，说道：“谁去送他们鸡蛋？娘，娘，我说 …… 他们是坏人！”

母亲奇怪极了，问：“怎么是坏人？什么地方坏？”

三三红了脸不愿答应。母亲说：

“三三，你说什么事？”

迟了许久，三三才说：“他们背地里要找团总做媒，把我嫁给那个白脸人。”

母亲听到这天真话什么也不说，笑了好一阵。到后估计三三要跑了，才拉着三三说：“小报应，管事先生他们说笑话，这也生气吗？谁敢欺侮你！”

说到后来三三也被说笑了。

三三后来就告给娘城里人如何怕狗的话，母亲听后不做声，好久以后，才说：“三三，你真还像个小丫头，什么也不懂。”

第二天，妈妈要三三送鸡子到寨子里去，三三不说什么，只摇头。妈妈既然答应了人家，就只好亲自送去。母亲走后，三三一个人在碾坊里玩，玩厌了，又到潭边去看白鸭，看了一会鸭子，等候母亲还不回来，心想莫非管事先生同妈妈吵了架，或者天热到路上发了痧？…… 心里老不自在，回到碾坊里去。

但是过了一会，母亲可仍然回来了，回到碾坊一脸的笑，跨着脚如一个男子神气。坐在小凳上，不住抹额头上汗水，告给三三如何见到那先生，那先生又如何要她坐到那个用粗布做成的软椅子上去，摇着荡着像一个摇网，怪舒服怪不舒服。又说到城里人说的三三为何不念书，城里女人全念书。又说到 ……

三三正因为等了母亲大半天，十分不高兴。如今听母亲说的话，莫名其妙，不愿意再听，所以不让母亲说完就走了。走到外边站在溪岸旁，望着清清的溪水，记起从前有人告诉她的话，说这水流下去，一直从山里流一百里，就流到城里了。她这时忖想……什么时候我一定也不让谁知道，就要流到城里去，一进城里就不回来了。但是如当真要流去时，她倒愿意那碾坊、那些鱼、那些鸭子，以及那一匹花猫，和她在一处流去。同时还有，她很想母亲永远和她在一处，她才能够安安静静的睡觉。

母亲看不见三三，站在碾坊门前喊着：

“三三，三三，天气热，你脸上晒出油了，不要远走，快回来！”

三三一面走回来，一面就自己轻轻的说：“三三不回来了！”

下午天气较热，倦人极了，躺到屋角竹凉床上的三三，耳中听着远处水车陆续的懒懒的声音，眯着眼睛觑母亲头上的髻子，仿佛一个瘦人的脸。越看越活，蒙蒙眬眬便睡着了。

她还似乎看到母亲包了白帕子，拿着扫帚追赶碾盘，绕屋打着圈儿，就听到有人在外面说话，提到她的名字。

只听人说：“三三到什么地方去了，怎么不出来？”

她奇怪这声音很熟，又想不起是谁的声音，赶忙走出去，站在门边打望，才望到原来又是那个白脸的人，规规矩矩坐在那儿钓鱼。过细看了一下，却看见那个钓竿，原来是团总家管事先生的烟杆，一头还冒烟。

拿一根烟杆钓鱼，倒是极新鲜的事情，但身旁似乎又已经得到了许多鱼，所以三三非常奇怪。正想走去告母亲，忽然管事先生也从那边走来。

好像又是那一天的那种情景，天上全是红霞，妈妈不在家，自己回来原是忘了把鸡关到笼子里，因此赶忙跑回来捉鸡的。如今碰到这两个人：管事先生同那白脸城里人，都站在那石墩子上，轻轻的商量一件事情。这两人声音很轻，三三却听得出是一件关于不利于自己的行为。因为听到说这些话，又不能嗾人走开，又不能自己走开，三三就非常着急，觉得自己的脸上也像天上的霞一样。

那个管事先生装作正经人样子说：“我们是来买鸡蛋的，要多少钱把多少钱。”

那个城里人，也像唱戏小生那么把手一扬，就说，“你说错了，要多少金子把多少金子。”

三三因为人家用金子恐吓她，所以说，“可是我不卖给你，不想你的钱。你搬你家大块金子来，到场上去买老鸦蛋吧。”

管事先生于是又说：“你不卖行吗？别人卖的凤凰蛋我也不希罕。你舍不得鸡蛋为我做人情，你想想，妈妈以后写庚帖，还少得了管事先生吗？”

那城里人于是又说：“向小气的人要什么鸡蛋，不如算了吧。”

三三生气似的大声说：“就算我小气也行，我把鸡蛋喂虾米，也不卖给人！我们赌咒不羡慕别人的金子宝贝。你和别人去说金子，恐吓别人吧。”

可是两个人还不走，三三心里就有点着急，很愿意来一只狗向两个人扑去。正那么打量着，忽然从家里就扑出来一条大狗，全身是白色，大声汪汪的吠着，从自己身边冲过去，凶凶的扑到两人身边去，即刻就把这两个恶人冲落到水里去了。

于是溪里的水起了许多波花，起了许多大泡，管事先生露出一个光光的头在水面，那城里人则长长的头发，缠在贴近水面的柳树根上，情景十分有趣。

可是一会儿水面什么也没有了，原来那两个人在水里摸了许多鱼，上了岸，拍拍身上的水点，把鱼全拿走了。

三三想去告给妈妈，一滑就跌下了。

刚才的事原来是做一个梦。母亲似乎是在灶房煮夜饭，因为听到三三梦里说话，才赶出来的。见三三醒了，摇着她问："三三，三三，你同谁吵闹？"

三三定了一会儿神，望妈妈笑着，什么也不说。

妈妈说："起来看看，我今天为你焖芋头吃。你去照照镜子，脸睡得一片红！"虽然依照母亲说的，去照了镜子，还是一句话不说，人虽早已清醒，还记得梦里一切的情景。到后来又想起母亲说的同谁吵闹的话，才反去问母亲，究竟听到吵闹些什么话。妈妈自然不注意这些，说听不分明，三三也就不再问什么了。

直到吃饭时，妈妈还说到脸上睡得发红，所以三三就告给老人家先后做了些什么梦，母亲听来笑了半天。

第二次送鸡蛋去时，三三也去了，那时是下午。吃过饭后不久，两人进了团总家的大院子。在东边偏院里，看到城里来的那个客，正躺在廊下藤椅上，眺望天上飞的老鹰。管事的不在家，三三认得那个男子，不大好意思上前去，就要母亲过去，自己站在月门边等候。母亲上前去时节，三三又为出主意，要妈妈站在门边大声说，"送鸡蛋的来了"，好让他知道。母亲自然什么都照三三主意作去。三三听母亲说这句话，说到第三次，才引起那个白白脸庞的城里人注意，自己就又急又笑。

三三这时是站在月门外边的。从门罅里向里面窥看，只见那白脸人站起身来又坐下去，正像梦里那种样子。同时就听到这个人同母亲说话，说起天气和别的事情，妈妈一面说话一面尽掉过头来望到三三所在的一边。白脸人以为她就要走去了，便说：

“老太太，你坐坐，我同你说说话。”

妈妈于是坐下了，可是同时那白脸的城里人也注意到那一面门边有一个人等候了，“谁在那里？是不是你的小姑娘？”

一看情形不好，三三就想跑。可是一回头，却望到管事先生站在身后，不知已站了多久。打量逃走自然是难办到的，末后就被拉着袖子，牵进小院子来了。

听到那个人请自己坐下，听到那个人同母亲说那天在溪边看见自己的情形，三三眼望到另一边，傍近母亲身旁，一句话不说，巴不得即刻离开，可是想不出怎么就可以离开。

坐了一会儿，出来了一个穿白袍戴白帽、装扮古怪的女人。三三先还以为是个男子，不敢细细的望。后来听这女人说话，且看她站在城里人身旁，用一根小小白色管子塞进那白脸男子口里去，又抓了男子的手捏着，捏了好一会，拿一支好像笔的东西，在一张纸上写了些什么记号。那先生问“多少‘豆’”？就听她回答说：“‘豆瘦’同昨天一样。”且因为另外一句话听到这个人笑，才晓得那是一个女人。这时似乎妈妈那一方面，也刚刚才明白这是一个女人，且听到说“多少‘豆’”，以为奇怪，所以两个互相望望，都抿着嘴笑了起来。

看到这母女生疏的情形，那白袍子女人也觉得好笑，就不即走开。

那白脸城里人说，“周小姐，你到这地方来一个朋友也没有，就同这小姑娘做个朋友吧。她家有个好碾坊，在那边溪头，有一个动人的水车，前面一点还有一个好堰坝。你同她做朋友，就可到那儿去玩，还可以钓些鱼回来。你同她去那边林子里玩玩吧，要这小姑娘告你那些花名、草名。”

这周小姐就笑着过来，拖了三三的手，想带她走去。三三想不走，望着母亲，母亲却做样子努嘴要她去，不能不走。

可是到了那一边，两人即刻就熟了。那看护把关于乡下的一切，这样那样问了她许多。她一面答着，一面想问那女人一些事情。却找不出一句可问的话，只很希奇的望到那一顶白帽子发笑。觉得好奇怪，怎么顶在头上不怕掉下来。

过后听母亲在那边喊自己的名字，三三也不知道还应当同看护告别，还应当说些什么话，只说“妈妈喊我回去，我要走了”，就一个人忙忙的跑回母亲身边，同母亲走了。

母女两人回到路上走过了一个竹林，竹林里恰正当晚霞的返照，满竹林是金色的光。三三把一个空篮子戴在头上，扮作钓鱼翁的样子，同时想起团总家养病服侍病人那个戴白帽子的女人，就和妈妈说：

“娘，你看那个女人好不好？”

母亲说：“你说的是哪一个女人？”

三三好像以为这答复是母亲故意装作不明白的样子，因此稍稍有点不高兴，向前走去。

妈妈在后面说，“三三，你说谁？”

三三就说：“我说谁，我问你先前那个女子，你还问我！”

“我怎么知道你是说谁？你说那姑娘，脸庞红红白白的，是说她吗？”

三三才停着了脚，等着她的妈。且想起自己无道理处，悄悄的笑了。母亲赶上了三三，推着她的背，“三三，那姑娘长得好体面，你说是不是？”

三三本来就觉得这人长得体面，听到妈妈先说，所以就故意说：

“体面什么？人高得像一条菜瓜，也算体面！”

“人家是读过书来的，你没看她会写字吗？”

“娘，那你明天要她拜你做干娘吧。她读过书，娘，你近来只欢喜读书的。”

“嗨，你瞧你！我说读书好，你就生气。可是……你难道不欢喜读书的吗？”

“男人读书还好，女人读书讨厌咧。”

“你以为她讨厌，那我们以后讨厌她得了。”

“不，干吗‘讨厌她得了’？你并不讨厌她！”

“那你一人讨厌她好了。”

“我也不讨厌她！”

“那是谁该讨厌她？三三，你说。”

“我说，谁也不该讨厌她。”

母亲想着这个话就笑，三三想着也笑了。

三三于是又匆匆的向前走去。因为黄昏太美，三三不久又停顿在前面枫树下了，还要母亲也陪她坐一会，送那片云过去再走。母亲自然不会不答应的。两人坐在那石条子上，三三把头上的竹篮儿取下后，用手整理发辫，就又想起那个男人一样短短头发的女人。母亲说：“三三，你用围裙揩揩脸，脸上出汗了。”三三好像没听到妈妈的话，眺望到另一方，她心中出奇，为什么有许多人的脸，白得像茶花。她不知不觉又把这个话同母亲说了，母亲就说，这是他们称呼做“城里人”的理由，不必擦粉，脸也总是很白的。

三三说：“那不好看。”母亲也说“那自然不好看”。三三又说：“宋家的黑子姑娘才真不好看。”母亲因为到底不明白三三意思所在，拿不稳风向，所以再不敢插言，就只貌作留神的听着，让三三自己去作结论。

三三的结论就只是故意不同母亲意见一致，可是母亲若不说话时，自己就不须结论，也闭了口，不再做声了。

另外某一天，有人从大寨里挑谷子来碾坊的，挑谷子的男人走后，留下一个女人在旁边照料一切。这女人欢喜说白话，且不久才从六十里外一个寨上吃喜酒回来，有一肚子的故事，许多乡村消息，得和一个人说说才舒服，所以就拿来与碾坊母女两人说。母亲因为自己有一个女儿，有些好奇的理由，专欢喜问人家到什么地方吃喜酒，看见些什么体面姑娘，看见些什么好嫁妆。她还明白，照例三三也愿意听这些故事。所以就问那个人，问了这样又问那样，要那人一五一十说出来。

三三却静静的坐在一旁，用耳朵听着，一句话不说。有时说的话那女人以为不是女孩子应当听的，声音较低时，三三就装作毫不注意的神气，用绳子结连环玩，实际上仍然听得清清楚楚。因为听到些怪话，三三忍不住要笑了，却扭过头去悄悄的笑，不让那个长舌妇人注意。

到后那两个老太太，自然而然就说到团总家中的来客，且说及那个白袍白帽的女人了。那妇人说她听人说这白帽白袍女人，是用钱雇来的，雇来照料那个先生，好几两银子一天。但她却又以为这话不十分可靠，以为这人一定就是城里人的少奶奶，或者小姨太太。

三三的妈妈意见却同那人的恰恰相反，她以为那白袍女人，决不是少奶奶。

那妇人就说，“你怎么知道不是少奶奶？”

三三的妈说，“怎么会是少奶奶！”

那人说：“你告诉我些道理。”

三三的妈说：“自然有道理，可是我说不出。”

那人说：“你又不看见，你怎么会知道？”

三三的妈说，“我怎么不看见？……”

两人争着不能解决，又都不能把理由说得完全一点，尤其是三三的母亲，又忘记说是听到过那一位喊叫过周小姐的话，用来作证据。三三却记起许多话，只是不高兴同那个妇人去说。所以三三就用别种的方法打乱了两人不能说清楚的问题。三三说：“娘，莫争这些事情，帮我洗头吧，我去热水。”

到后那妇人把米碾完挑走了。把水热好了的三三，坐在小凳上一面解散头发，一面带着抱怨神气向她娘说：

“娘，你真奇怪，欢喜同那老婆子说空话。”

“我说了些什么空话？”

“人家媳妇不媳妇，管你什么事！”

……

母亲想起什么事来了，抿着口痴了半天，轻轻的叹了一口气。

过几天，那个白帽白袍的女人，却同寨子里一个小女孩子到碾坊来玩了。玩了大半天，说了许多话。妈妈因为第一次有这么一个稀客，所以走出走进，只想杀一只肥母鸡留客吃饭，但是又不敢开口，所以十分为难。

三三却把客人带到溪下游一点有水车的地方去，玩了好一阵，在水边摘了许多金针花，回来时又取了钓竿，搬个矮脚凳子，到溪边去陪白帽子女人钓鱼。

溪里的鱼好像也知道凑趣。那女人一根钓竿，一会儿就得了四条大鲫鱼，使她十分欢喜。到后应当回去了，女人不肯拿鱼回去，母亲可不答应，一定要她拿去。并且因为白帽子女人说南瓜子好吃，又另外了一口袋的生瓜子，要同来的那个小女孩代为拿着。

再过几天，那白脸人同管事先生，也来钓了一次鱼，又拿了许多礼物回去。

再过几天，那病人却同女人一块儿来了，来时送了一些用瓶子装的糖，还送了些别的东西，使得主人不知如何措置手脚。因为不敢留这两个人吃饭，所以到临走时，三三母亲还捉了两只活鸡，一定要他们带回去。两人都说留到这里生蛋，用不着捉去，还不行。到后说等下一次来再杀鸡，那两只鸡才被开释放下了。

自从两个客人到来后，碾坊里有点不同过去的样子，母女两人说话，提到“城里”的事情，就渐渐多了。城里是什么样子，城里有些什么好处，两人本来全不知道。两人只从那个白脸男子、白袍女人的神气，以及平常从乡下听来的种种，作为想象的根据，摹拟到城里的一切景况，都以为城里是那么一种样子：有一座极大的用石头垒就的城，这城里就竖了许多好房子。每一栋好房子里面都住了一个老爷同一群少爷；每一个人家都有许多成天穿了花绸衣服的女人，装扮得同新娘子一样，坐在家里，什么事也不必作。每一个人家，房子里一定还有许多跟班同丫头，跟班的坐在大门前接客人的名片，丫头便为老爷剥莲心，去燕窝毛。城里一定有很多条大街，街上全是车马。城里有洋人，脚杆直直的，就在大街上走来走去。城里还有大衙门，许多官都如“包龙图”一样，威风凛凛，一天审案到夜，夜了还得点了灯审案。虽有一个包大人，坏人还是数不清。城里还有好些铺子，卖的是各样希奇古怪的东西。城里一定还有许多大庙小庙，成天有人唱戏，成天也有人看戏。看戏的全是坐在一条板凳上，一面看戏一面剥黑瓜子。坏女人想勾引人就向人打瞟瞟眼。城门口有好些屠户，都长得胖墩墩的。城门口还坐有个王铁嘴，专门为人算命打卦。

这些情形自然都是实在的。这想象中的都市，像一个故事一样动人，保留在母女两人心上，却永远不使两人痛苦。她们在自己习惯生活中得到幸福，却又从幻想中得到快乐，所以若说过去的生活是很好的，那到后来可说是更好了。

但是，从另外一些记忆上，三三的妈妈却另外还想起了一些事情，因此有好几回同三三说话到城里时，却忽然又住了口不说下去。三三询问到这是什么意思，母亲就笑着，仿佛意思就只是想笑一会儿，什么别的意思也没有。

三三可看得出母亲笑中有原因，但总没有方法知道这另外原因究竟是什么。或者是妈妈预备要搬到城里，或者是做梦到过城里，或者是因为三三长大了，背影子已像一个新娘子了，妈妈惊讶着，这些躲在老人家心上一角儿的事可多着呐。三三自己也常常发笑，且不让母亲知道那个理由。每次到溪边玩，听母亲喊“三三你回来吧”，三三一面走一面总轻轻的说：“三三不回来了，三三永不回来了。”为什么说不回来，不回来又到什么地方去落脚，三三并不曾认真打量过。

有时候两人都说到前一晚上梦中到过的城里，看到大衙门大庙的情形，三三总以为母亲到的是一个城里，她自己所到又是一个城里。城里自然有许多，同寨子差不多一样，这个是三三老早就想到了的。三三所到的城里一定比母亲那个还远一点，因为母亲凡是梦到城里时，总以为同团总家那堡子差不多，只不过大了一点，却并不很大。三三因为听到那白帽子女人说过，一个城里看护至少就有两百，所以她梦到的，就是两百个白帽子女人的城里！

妈妈每次进寨子送鸡蛋去，总说他们问三三，要三三去玩，三三却怪母亲不为她梳头。但有时头上辫子很好，却又说应当换干净衣服才去。一切都好了，三三却常常临时又忽然不愿意去了。母亲自然不强着三三的。但有几次母亲有点不高兴了，三三先说不去，到后又去；去到那里，两人却都很快乐。

人虽不去大寨，等待妈妈回来时，三三总愿意听听说到那一面的事情。母亲一面说，一面注意。三三的眼睛，这老人家懂得到一点三三心事。她自已以为十分懂得三三，所以有时话说得也稍多了一点。譬如关于白帽子女人，如何照料白脸男子那一类事，母亲说时总十分温柔，同时看三三的眼睛，也照样十分温柔。于是，这母亲，忽然又想到了远远的什么一件事，不再说下去；三三也想到了另外一件事，不必妈妈说话了。母女二人就沉默了。

寨子里人有次又过碾坊来了，来时三三已出到外边往下溪水车边采金针花去了。三三回碾坊时，望见母亲同那个人商量什么似的在那里谈话，一见到三三，就笑着什么也不说。三三望望母亲的脸，从母亲脸上颜色，她看出像有些什么事情，很有点蹊跷。

那人一见三三就说："三三，我问你，怎么不到堡子里去玩，有人等你！"

三三望望自己手上那一把黄花，头也不抬说，"谁也不等我。"

"你的朋友等你。"

"没有人是我的朋友。"

"一定有人！想想看，有一个人！"

"你说有就有吧。"

"你今年几岁，是不是属龙的？"

三三对这个谈话觉得有点古怪，就对妈妈看着，不即作答。

"你不说我也知道，你妈妈还刚刚告我，四月十七，你看对不对？"

三三心想，四月十七，五月十八你都管不着，我又不希罕你为我拜寿。但因为听说是妈妈告的，三三就奇怪，为什么母亲同别人谈这些话。她就对母亲把小小嘴唇撇了一下，怪着她不该同人说起这些。本来折的花应送给母亲，也不高兴了，就把花放在休息着的碾盘旁，跑出到溪边，拾石子打飘飘梭去了。

不到一会儿，听到母亲送那人出来了，三三赶忙用背对着大路，装着眺望溪对岸那一边牛打架的样子，好让他们走去。那人见三三在水边，却停顿到路上，喊三姑娘，喊了好几声，三三还故意不理会，又才听到那人笑着走了。

到了晚上，母亲因为见三三不大说话，和平时完全不同了，母亲说：“三三，怎么，是不是生谁的气？”

三三口上轻轻的说“没有”，心里却想哭一会儿。

过两天，三三又似乎仍然同母亲讲和了，把一切事都忘掉了，可是再也不提到大寨里去玩，再也不提醒母亲送鸡蛋给人了。同时母亲那一面，似乎也因为了一件事情，不大同三三提到城里的什么，不说是应当送鸡蛋到大寨去了。

日子慢慢的过着，许多人家田间的新稻，为了好的日头同恰当的雨水，长出的禾穗全垂了头。有些人家的新谷已上了仓，有些人家摘着早熟的禾线，舂出新米各处送人尝新了。

因为寨子里那家嫁女的好日子快到了，搭了信来接母女两人过去陪新娘子。母亲正新给三三缝了一件葱绿布围裙，要三三去住两天。三三没有什么理由可以说不去，所以母女两人就带了些礼物到寨子里来了。到了那个嫁女的家里，按照一乡的风气，在女人未出阁以前，有展览妆奁的习惯，一寨子的女人都可来看，就见到了那个白帽子的女人。她因为在乡下除了照料病人就无什么事情可作，所以一个月来在乡下就成天同乡下女人玩玩，如今随同别的女人来看嫁妆，碰到了三三母女两人。

一见面，这白帽子女人便用城里人的规矩，怪三三母亲，问为什么多久不到总爷家里来看他们；又问三三，为什么忘了她。这母女两人自然什么也不好说，只按照到一个乡下人的方法，望到略显得黄瘦了的白帽子女人笑着。后来这白帽子的女人就告给三三妈妈，说病人的病还不怎么好，城里医生来了一次，以为秋天还要换换地方，预备八月里回城去，再要到一个顶远的有海的地方去养息。因为不久就要走了，所以她自已同病人，都很想母女两人，同那个小小碾坊。

这白帽子女人又说，曾托过人带信要她们来玩的，不知为什么她们不来。又说，她很想再来碾坊那小潭边钓鱼，可是因为天气热了一点，不好出门。

这白帽子女人，看见三三的新围裙，裙上还扣了朵小花，式样秀美，充满了一种天真的妩媚，就说：

“三三，你这个围腰真美，妈妈自己作的是不是？”

三三却因为这女人一个月以来脸晒红多了，就只望着这个人的红脸好笑，笑中包含了一种纯朴的友谊。

母亲说：“我们乡下人，要什么讲究东西，只要穿得上身就好了。”因为母亲的话不大实在，三三就轻轻的接下去说：“可是改了三次。”

那白帽女人听到这个话，向母女笑着，“老太太你真有福气，做你女儿的也真有福气。”

“这算福气吗？我们乡下人，哪里比得城里人好。”

因为有两个人正抬了一盒礼物过去，三三追上前想看看是什么时，白帽子女人望着三三的背影，“老太太，你三姑娘陪嫁的，一定比这家还多。”

母亲也望那一方说：“我们是穷人，姑娘嫁不出去的。”

这些话三三都听到，所以看完了那一抬礼，还不即过来。

说了一阵话，白帽子女人想邀母女两人进寨子里去看看病人，母亲见三三神气有点不高兴，同时且想起是空手，乡下人照例不好意思空手进人家大门，所以就答应过两天再去。

又过了几天，母女二人在碾坊，因为谈到新娘子敷水粉的事情，想到白帽子女人的脸，一到乡下后就晒红了许多的情形，且想起那天曾答应人家的话了，所以妈妈问三三，什么时候高兴去寨子里看“城里人”。三三先是说不高兴，到后又想了一下，去也不什么要紧，就答应母亲，不拘那 一天去都行。既然不拘什么时候，那么，自然第二天就可以去了。

因为记起那白帽子女人说的话，很想来碾坊玩，所以三三要母亲早上同去，好就便邀客来，到了晚上再由三三送客回去。母亲却因为想到前次送那两只鸡，客人答应了下次来吃，所以还预备早早的回来，好杀鸡款客。

一早上，母女两人就提了一篮鸡蛋，向大寨走去。过桥，过竹林，过小小山坡，道旁露水还湿湿的，金铃子像敲钟一样，叮叮的从草里发出声音来，喜鹊喳喳的叫着从头上飞过去。母亲走在三三的后面，看到三三苗条如一根笋子，拿着棍儿一面走一面打道旁的草，记起从前团总家管事先生问过她的话，不知道究竟是什么意思。又想到几天以前，白帽子女人说及的话，就觉得这些从三三日益长大快要发生的事情，不知还有许多。

她零零碎碎就记起一些属于别人的印象来了……一顶凤冠，用珠子穿好的，搁到谁的头上？二十抬贺礼，金锁金鱼，这是谁？……床上撒满了花，同百果、莲子、枣子，这是谁？……这是谁？……那三三是不是城里人？……

若不是滑了一下，向前一窜，这梦还不知如何放肆做下去。

因为听妈妈口上连作呸呸，三三才回过头来，"娘，你怎么？想些什么？差点儿把鸡蛋篮子也摔了。你想些什么？"

"我想我老了，不能进城去看世界了。"

"你难道欢喜进城吗？"

"你将来一定是要到城里去的！"

"怎么一定？我偏不上城里去！"

"那自然好极了。"

两人又走着，三三忽然又说："娘，娘，为什么你说我要到城里去？你怎么个想起这事情？"

母亲忙分辩说:“你不去城里,我也不去城里。城里天生是给城里人预备的;我们有我们的碾坊,自然不会离开的。”

不到一会儿,就望到大寨子那门楼了,门前有许多大榆树和梧桐。两人进了寨门向南走,快要走到时,就望见榆树下面,有许多人站立,好像在看热闹,其中还有些人,忙手忙脚的搬移一些东西,看情形一定是发生了什么事情,或者来了远客,或者还有别的原因。母女两人也不怎么出奇,依然慢慢的走过去。三三一面走一面说:“莫非是衙门的委员来了?娘,我在这里等你,你先过去看看吧。”母亲随随便便答应着,心里觉得有点蹊跷,就把篮子放下,要三三等着,自己赶上前去了。

这时恰巧有个妇人抱了自己孩子向北走,预备回家,看见三三了,就问:“三三,怎么你这样早,有些什么事?”但同时却看到了三三篮里的鸡蛋了,“三三,你送谁的礼呢?”

三三说:“随便带来的。”因为不想同这人说别的话,于是低下头去,用手盘弄那个盘云的葱绿围腰扣子。

那妇人又说:“你妈呢?”

三三还是低着头用手向南方指着,“过那边去了。”

那女人说:“那边死了人。”

“是谁死了?”

“就是上个月从城中搬来养病的少爷。只说是病,前一些日子还常常出外面玩,谁知忽然犯病就死了。”

三三听到这个,心里一跳,心想:“难道是真话吗?”

这时节,母亲从那边也知道消息了,匆匆忙忙的跑回来,心门口咚咚跳着,脸儿白白的,到了三三跟前,什么话也不说,拉着三三就走。好像是告三三,又像是自言自语的说,“就死了,就死了,真不像会死!”

但三三却立定了，问：“娘，那白脸先生死了吗？”

“都说是死了的。”

“我们难道就回去吗？”

母亲想想，“真的，难道就回去？”

因此母女两人又商量了一下，还是过去看看，好知道究竟是什么原因。三三且想见见那白帽子女人，找到白帽子女人一切就明白了。但一走进大门边，望见许多人站在那里，大门却敞敞的开着。两人又像怕人家知道他们是来送礼的，不敢进去。在那里就听许多人说到这个病人的一切，说到那个白帽子女人，称呼她为病人的媳妇，又说到别的。都显然证明这些人并不和这两个城里人有什么熟识。

三三脸白白的拉着妈妈的衣角，低声的说：“娘，走。”两人于是就走了。

到了磨坊，因为有人挑了谷子来在等着碾米，母亲提着蛋篮子进去了。三三站立溪边，望到一泓碧流，心里好像掉了什么东西。极力去记忆这失去的东西的名称，却数不出。

母亲想起三三了，在里面喊着三三的名字，三三说：“娘，我在看虾米呢。”

“来把鸡蛋放到坛子里去，虾米在溪里可以成天看！”因为母亲那么说着，三三只好进去了。水闸门的闸板已提起，磨盘正开始在转动，母亲各处找寻油瓶，为碾盘轴木加油，三三知道那个油瓶挂在门背后，却不做声，尽母亲乱乱的各处去找。三三望着那篮子，就蹲到地下去数篮里的鸡蛋，数了半天。后来碾米的人，问为什么那么早拿鸡蛋往别处去，送谁，三三好像不曾听到这个话，站起身来又跑出去了。

1931年8月写成于青岛

常德的船

——沈从文

常德就是武陵，陶潜在《搜神后记》上《桃花源记》说的渔人老家，应当摆在这个地方。德山在对河下游，离城市二十余里，可说是当地唯一的山。汽车也许停德山站，也许停县城对河另一站。汽车不必过河，车上人却不妨过河，看看这个城市的一切。地理书上告给人说这里是湘西一个大码头，是交换出口货与入口货的地方。桐油、木料、牛皮、猪肠子和猪鬃毛，烟草和水银，五倍子和鸦片烟，由川东、黔东、湘西各地用各色各样的船只装载到来，这些东西全得由这里转口，再运往长沙武汉的。子盐、花纱、布匹、洋货、煤油、药品、面粉、白糖，以及各种轻工业日用消耗品和必需品，又由下江轮驳运到，也得从这里改装，再用那些大小不一的船只，分别运往沅水各支流上游大小码头去卸货的。市上多的是各种庄号。各种庄号上的坐庄人，便在这种情形下成天如一个磨盘，一种机械，为职务来回忙。邮政局的包裹处，这种人进出最多。长途电话的营业处，这种坐庄人是最大主顾。酒席馆和妓女的生意，靠这种坐庄人来维持。

除了这种繁荣市面的商人，此外便是一些寄生于湖田的小地主，作过知县的小绅士，各县来的男女中学生，以及外省来的参加这个市面繁荣的掌柜、伙计、乌龟、王八。全市人口过十万，街道延长近十里，一个过路人到了这个城市中时，便会明白这个湘西的咽喉，真如所传闻，地方并不小。可是却想不到这咽喉除吐纳货物和原料以外，还有些甚么东西。作这种吐纳工作，责任大，工作忙，性质杂，又是些甚么人。假若一旦没有了他们，这城市会不会忽然成为河边一个废墟？这种人照例触目可见，水上城里无一不可碰头，却又最容易为旅行者所疏忽。我想说的是真正在控制这个咽喉，支配沅水流域的几万船户。

这个码头真正值得注意令人惊奇处，实也无过于船户和他所操纵的水上工具了。要认识湘西，不能不对他们先有一种认识。要欣赏湘西地方民族特殊性，船户是最有价值材料之一种。

一个旅行者理想中的武陵，渔船应当极多。到了这里一看，才知道水面各处是船只，可是却很不容易发现一只渔船。长河两岸浮泊的大小船只，外行人一眼看去，只觉得大同小异。事实上形制复杂不一，各有个性，代表了各个地方的个性。让我们从这方面来多知道一点点，对于我们也许有些便利处。

船只最触目的三桅大方头船，这是个外来客，由长江越湖来的，运盐是它主要的职务，它大多数只到此为止，不会向沅水上游走去。普通人叫它做“盐船”，名实相副。船家叫它做“大鳅鱼头”，《金陀粹编》上载岳飞在洞庭湖水擒杨幺故事，这名字就见于记载了，名字虽俗，来源却很古。这种船只大多数是用乌油漆过，所以颜色多是黑的。这种船按季候行驶，因为要大水大风方能行动。杜甫诗上描绘的“洋洋万斛船，影若扬白虹”，也许指的就是这种水上东西。

比这种盐船略小，有两桅或单桅，船身异常秀气，头尾突然收敛，令人入目起尖锐印象，全身是黑的，名叫“乌江子”。它的特长是不怕风浪，运粮食越湖。它是洞庭湖上的竞走选手。形体结构上的特点是桅高，帆大，深舱，锐头。盖舱篷比船身小，因为船舷外还有护舱板，弄船人同船只本身一样，一看很干净，秀气斯文，行船既靠风，上下行都使帆，所以帆多整齐，船上用的水手不多，仅有的水手会拉篷，摇橹，撑篙，不会荡桨，——这种船上便不常用桨。放空船时妇女还可代劳掌舵。这种船间或也沿河上溯，数目极少，船身材料薄，似不宜于冒险。这种船在沅水流域也算是外来客。

在沅水流域行驶，表现得富丽堂皇，气象不凡，可称为巨无霸的船只，应当数“洪江油船”。这种船多方头高尾，颜色鲜明，间或且有一点金漆装饰。尾梢有舵楼，可以安置家眷。大船下行可载三四千桶桐油，上行可载两千件棉花，或一票食盐。用橹手二十六人到四十人，用纤手三十人到六七十人。必待春水发后方上下行驶，路线系往返常德和洪江。每年水大至多上下三五回，其余大多时节都在休息中，成排结队停泊河面，俨然是河上的主人。船主照例是麻阳人，且照例姓滕，善交际，礼数清楚。常与大商号中人拜把子，攀亲家。行船时站在船后檀木舵把边，庄严中带点从容不迫神气，口中含了个竹马鞭短烟管，一面看水，一面吸烟。遇有身份的客人搭船，喝了一杯酒后，便向客人一五一十叙述这只油船的历史，载过多少有势力的军人、阔佬，或名驰沅水流域的妓女。换言之，就是这只船与当地“历史”发生多少关系！这种船只上的一切东西，无一不巨大坚实。船主的装束在船上时看不出甚么特别处，上岸时却穿长袍（下脚过膝三四寸），罩青羽绫马褂，戴呢帽或小缎帽，佩小牛皮抱肚，用粗大银链系定，内中塞满了银元。穿生牛皮靴子，走路时踏得很重。个子高高的，瘦瘦的。有一双大手，手上满是黄毛和青筋。会喝酒、打牌，且豪爽大方，吃花酒应酬时，大把银元钞票从抱肚掏出，毫不吝啬。水手多强壮勇敢，眉目精悍，善唱歌、泅水、打架、骂野话。下水时如一尾鱼，上岸接近妇人时像一只小公猪。白天弄船，晚上玩牌，同样做得极有兴致。船上人虽多，却各有所事，从不紊乱。舱面永远整洁如新。拔锚开头时，必擂鼓敲锣，在船头烧纸烧香，煮白肉祭神，燃放千子头鞭炮，表示人神和乐，共同帮忙，一路福星。在开船仪式与行船歌声中，使人想起两千年前《楚辞》发生的原因，现在还好好的保留下来，今古如一。

比洪江油船小些，形式仿佛比较笨拙些，（一般船只用木板作成，这种船竟像用木柱作成，）平头大尾，一望而知船身十分坚实，有斗拳师的神气，名叫“白河船”。白河即酉水的别名。这种船只即行驶于沅水由常德到沅陵一段，酉水由沅陵到保靖一段。酉水滩流极险，船只必经得起磕撞。船只必载重方能压浪，因此尾部如臀，大而圆。下行时在船头缚大木桡一两把。木桡的用处是船只下滩，转头时比舵切于实际。照水上人俗谚说：“三桨不如一篙，三橹不如一桡。”桡读作招。酉水浅而急，不常用橹，篙桨用处多，因此篙多特别长大，桨较粗硕，肥而短。船篷用粽子叶编成，不涂油。船主多永顺、保靖人，姓向姓王姓彭占多数。酉水河床窄，滩流多，为应付自然，弄船人所需要的勇敢能耐也较多。行船时常用相互诅骂代替共同唱歌，为的是受自然限制较多，脾气比较坏一点。酉水是传说中古代藏书洞穴所在地，多的是高大宏敞，充满神秘的洞穴。由沅陵起到酉阳止，沿酉水流域的每个县份总有几个洞穴。可是如沅陵的大酉洞，二酉洞，保靖的狮子洞，酉阳的龙洞，这些洞穴纵有书籍也早已腐烂了。到如今这条河流最多的书应当是宝庆纸客贩卖的石印本历书，每一条船上照例都有一本“皇历”。船家禁忌多，历书是他们行动的宝贝。河水既容易出事情，个人想减轻责任，因此凡事都俨然有天作主，由天处理，照书行事，比较心安，也少纠纷，船只出事时有所借口。酉水流域每个县份的船只，在形式上又各不相同，不过这些小船不出白河，在常德能看到的白河油船，形体差不多全是一样。

沅水中部的辰谿县，出白石灰和黑煤，运载这两种东西的本地船叫做“辰谿船”，又名“广舶子”。它的特点和上述两种船只比较起来，显得材料脆薄而缺少个性。船身多是浅黑色，形状如土布机上的梭子，款式都不怎么高明。下行多满载这些不值钱的货，上行因无回头货便时常放空。船身脏，所运货又少时间性，满载下驶，危险性多，搭客不欢迎，因之弄船人对于清洁时间就不甚关心。这种船上的席篷照例是不大完整的，布帆是破破碎碎的，给人印象如同一个破落户。弄船人因闲而懒，精神多显得萎靡不振。

洞河（即泸溪）发源于乾城苗乡大小龙洞和凤凰苗多乌巢河。两条小河在乾城县的所里相汇。向东流，到泸溪县，方和沅水同流，在这条河里的船就叫“洞河船”。河源主流由苗乡两个洞穴中流出，河床是乱石底子，所以水质特别清，水性特别猛。船身必须从撞磕中挣扎，河身既小，船身也比较轻巧。船舷低而平，船头窄窄的。在这种船上水手中，我们可以发现苗人。不过见着他时我们不会对他有何惊奇，他也不会对我们有何惊奇。这种人一切和别的水上人都差不多，所不同处，不过是他那点老实、忠厚、纯朴，戆直性情——原人的性情，因为住在山中，比城市人保存得多点罢了。乾城人极聪明文雅，小手小脚小身材，唱山歌时嗓子非常好听，到码头边时，可特别沉默安静。船只太小了，不常有机会到这大码头边靠船。这种船停泊在河面时似乎很羞怯，正如水手们上街时一样羞怯。

乾城用所里作本县吐纳货物的水码头。地方虽不大，小小石头城却很整齐干净，且出了几个近三十年来历史上有名姓的人物。段祺瑞时代的陆军总长傅良佐将军，是生长在这个小县城里的。东北军宿将，国内当前军人中称战术权威的杨安铭将军，也是这地方人。

在河上显得极活动，极有生气，而且数量极多的，是普通的中型“麻阳船”。这种船头尾高举，秀拔而灵便。这种船只的出处是麻阳河（即辰谿）。每只船上都可见到妇人、孩子、童养媳。弄船人一面担负商人委托的事务，一面还担负上帝派定的工作，两方面都异常称职。沅水流域的转运事业，大多数由这地方人支配，人口繁荣的结果，且因此在常德城外多了一条麻阳街。“一切成功都必须争斗”，这原则也可用作麻阳街的说明。据传说，这条街是个姓滕的水手滕老九双拳打出来的。我们若有兴趣特意到那条街上走走，可知道开小铺子的，做理发店生意的，卖船上家伙的，经营不用本钱最古职业的，全是麻阳乡亲，我们就会明白，原来参加这种争斗，每人都有一份。麻阳人的精力绝伦处，或者与地方出产有点关系。麻阳出各种橘子，糯米也极好，作甜酒特别相宜。人口加多，船只也越来越多，因此沅水水面的世界，一大半是麻阳人占有的。大凡船只停靠处，都有叫“乡亲”的麻阳人，乡亲所得的便利极多，平常外乡人，坐船时于是都叫麻阳人作“乡亲”。乡亲的特点是面目精悍而性情快乐，作水手的都能吃，能做，能喝，能打架。船主上岸时必装扮成为一个小乡绅，如驾洪江油船的大老板一样穿袍穿褂，着生牛皮盘云长统钉靴，戴有皮封耳的毡帽或博士帽，手指套上分量沉重的金戒指，皮抱肚里装上许多大洋钱，短烟管上悬个老虎爪子，一端还镶包一片镂花银皮。见人就请教仙乡何处，贵府贵姓。本人大多数姓滕，名字“代富”“宜贵”。对三十年来的本省政治，比起任何地方船主都熟习，都关心。欢喜讲礼教，臧否人物，且善于称引经典格言和当地俗谚，作为谈天时章本。恭维客人时必从恭维上增多一点收入，被客人恭维时便称客人为“知己”，笑嘻嘻的请客人喝包谷子酒。妇女在船上不特对于行船毫无妨碍，且常常是一个好帮手。妇女多壮实能干，大脚大手，善于生男育女。

麻阳人中另外还有一双值得称赞的手，在湘西近百年实无匹敌，在国内也是一个少见的艺术家，是塑像师张秋潭那双手。小件艺术品多在烟盘边靠灯时用烟签完成的，无一不作得栩栩如生，至今还留下些在湘西私人手中。大件是各县庙宇天王观音等神像，辛亥以后破除迷信，毁去极多。

在常德水码头船只极小，飘浮水面如一片叶子，数量之多如淡干鱼，是专载客人用的“桃源划子”。木商与烟贩，上下办货的庄客，过路的公务员，放假的男女学生，同是这种小船的主顾。船身既轻小，上下行的速度较之其他船只快过一倍，下滩时可从边上小急流走，决不会出事。在平潭中且可日夜赶程，不会受关卡留难。因此在有公路以前，这种小小船只实为沅水流域交通利器。弄船人工作不需如何紧张，开销又少，收入却较多。装载客人且多阔老，同时桃源县人的性格又特别随和，（沅水一到桃源后就变成一片平潭，再无恶滩急流，自然影响到水上人性情很大。）所以弄船人脾气就马虎得多，很多是瘾君子，白天弄船，晚上便靠灯。有些家中人说不定还留在县里，经营一种不必要有本钱的职业，分工合作，都不闲散。且能作客人向导，带访桃源洞的客人到所要到的新奇地方去。

在沅水流域上下行驶，停泊到常德码头应当称为“客人”的船

只，共有好几种，有从芷江上游黔东玉屏来的，有从麻阳河上游黔东铜仁来的，有从白河上游川东龙潭来的。玉屏船多就洪江转口，下行不多。龙潭船多从沅陵换货，下行不多。铜仁船装油碇下行的，有些庄号在常德，所以常直放常德。船只最引人注意处是颜色黄明照眼，式样轻巧，如竞赛用船。船头船尾细狭而向上翘举，舱底平浅，材料脆薄，给人视觉上感到灵便与愉快，在形式上可谓秀雅绝伦。弄船人语言清婉，装束素朴，有些水手还穿齐膝的长衣，裹白头巾，风度整洁和船身极相称。船小而载重，故下行时船舷必缚茅束挡水。这种船停泊河中，仿佛极其谦虚，一种作客应有的谦虚。然而比同样大小的船只都整齐，一种作客不能不注意的整齐。

此外常德河面还有一种船只，数量极多，有的时候移动，有的又长久停泊。这些船的形式一律是方头，方尾，无桅，无舵。用木板作舱壁，开小小窗子，木板作顶。有些当作船主的金屋，有些又作逋逃者的窟穴。船上有招纳水手客人的本地土娼，有卖烟和糖食、小吃、猪蹄子粉面的生意人。此外算命卖卜的，圆光关亡的，无不可以从这种船上发现。船家做寿成亲，也多就方便借这种水上公馆举行，因此一遇黄道吉日，总是些张灯结彩，响器声，弦索声，大小炮仗声，划拳歌呼声，点缀水面热闹。

常德县城本身也就类乎一只旱船，女作家丁玲，法律家戴修瓒，国学家余嘉锡，是这只旱船上长大的。较上游的河堤比城中高得多，涨水时水就到了城边，决堤时城四围便是水了。常德沿河的长街，街市上大小各种商铺不下数千家，都与水手有直接关系。杂货店铺专卖船上用件及零用物，可说是它们全为水手而预备的。至如油盐、花纱、牛皮、烟草等等庄号，也可说水手是为它们而有的。此外如茶馆、酒馆和那经营最素朴职业的户口，水手没有它不成，它没水手更不成。

常德城内一条长街，铺子门面都很高大（与长沙铺子大同小异，近于夸张），木料不值钱，与当地建筑大有关系。地方滨湖，河堤另一面多平田泽地，产鱼虾、莲藕，因此鱼栈莲子栈延长了长街数里。多清真教门，因此牛肉特别肥鲜。

常德沿沅水上行九十里，才到桃源县，再上行二十五里，方到桃源洞。千年前武陵渔人如何沿溪走到桃花源，这路线尚无好事的考古家说起。现在想到桃源访古的“风雅人”，大多数只好坐公共汽车去。到过了桃源，兴趣也许在彼而不在此，留下印象较深刻的东西，不是那个传说的洞穴，倒是另外一些传说所不载的较新洞穴。在桃源县想看到老幼黄发垂髫，怡然自乐的光景，并不容易。不过或者因为历史的传统，地方人倒很和气，保存一点古风。也知道欢迎客人，杀鸡作黍，留客住宿。虽然多少得花点钱，数目并不多。可是一个旅行者应当知道，这些人赠送游客的礼物，有时不知不觉太重了点，最好倒是别大意，莫好奇，更不要因为记起宋玉所赋的高唐神女，刘晨阮肇天台所遇的仙女，想从经验中去证实故事。换言之，不妨学个“老江湖”，少生事！当地纵多神女仙女，可并不是为外来读书人游客预备的，沅水流域的木竹簰商人是唯一受欢迎者。好些极大的木竹簰，到桃源后不久就无影无踪不见了，照俚话所说，是“进了桃源的洞穴”的。

政治家宋教仁，老革命党覃振，同是桃源县人。桃源县有个省立第二女子师范学校，五四运动谈男女解放平等，最先要求男女同校，且实现它，就是这个学校的女学生。

市集

沈从文

廉纤的毛毛细雨，在天气还没有大变以前欲雪未能的时节，还是霏霏微微落将下来。一个小小乡场，位置在又高又大陡斜的山脚下，前面濒着躲躲儿的河，被如烟如雾雨丝织成的帘幕，一起把它蒙罩着了。

照例的三八市集，还是照例的有好多好多乡下人，小田主，买鸡到城里去卖的小贩子，花幞头大耳环丰姿隽逸的苗姑娘，以及一些穿灰色号褂子口上说是来察场讨人烦腻的副爷们，与穿高筒子老牛皮靴的团总，各从附近的乡村来做买卖。他们的草鞋底半路上带了无数黄泥浆到集上来，又从场上大坪坝内带了不少的灰色浊泥归去。去去来来，人也数不清多少。

集上的骚动，吵吵闹闹，凡是到过南方（湖湘以西）乡下的人，是都会知道的。

倘若你是由远远的另一处地方听着，那种喧嚣的起伏，你会疑心到是滩水流动的声音了！

这种洪壮的潮声，还只是一般做生意人在讨论价钱时很和平的每个论调而起。就中虽也有遇到卖牛的场上几个人像唱戏黑花脸出台时那么大喊大嚷找经纪人，也有因秤上不公允而起口角——你骂我一句娘，我又骂你一句娘，你又骂我一句娘……然而究竟还是因为人太多，一两桩事，实在是万万不能做到的！

卖猪的场上，他们把小猪崽的耳朵提起来给买主看时，那种尖锐的嘶喊声，使人听来不愉快至于牙齿根也发酸。

卖羊的场上，许多美丽驯服的小羊儿咩咩地喊着。一些不大守规矩的大羊，无聊似的，两个把前蹄举起来，作势用前额相碰。大概相碰是可以驱逐无聊的，所以第一次訇的碰后，却又作势立起来为第二次预备。牛场却单独占据在场左边一个大坪坝，因为牛的生意在这里占了全部交易四分之一以上。那里四面搭起无数小茅棚（棚内卖酒卖面），为一些成交后的田主们喝茶喝酒的地方。那里有大锅大锅煮得“稀糊之烂”的牛脏类下酒物，有大锅大锅香喷喷的肥狗肉，有从总兵营一带担来卖的高粱烧酒；也还有城里馆子特意来卖面的。假若你是城里人来这里卖面，他们因为想吃香酱油的缘故，都会来你馆子，那么，你生意便比其他铺子要更热闹了。

到城里时，我们所见到的东西，不过小摊子上每样有一点罢了！这里可就大不相同。单单是卖鸡蛋的地方，一排一排地摆列着，满箩满筐的装着，你数过去，总是几十担。辣子呢，都是一屋一屋搁着。此外

干了的黄色草烟，用为染坊染布的五倍子和栎木皮，还未榨出油来的桐茶子，米场白濛白濛了的米，屠桌上大只大只失了脑袋刮得净白的肥猪，大腿红腻腻还在跳动的牛肉……都多得怕人。

不大宽的河下，满泊着载人载物的灰色黄色小艇，一排排挤挤挨挨的相互靠着也难于数清。

集中是没有甚么统系制度。虽然在先前开场时，总也有几个地方上的乡约伯伯，团总，守汛的把总老爷，口头立了一个规约卖物的照着生意大小缴纳千分之几——或至万分之几，但也有百分之几——的场捐，或经纪佣钱，棚捐，不过，假若你这生意并不大，又不须经纪人，则不须受场上的拘束，可以自由贸易了。

到这天，做经纪的真不容易！脚底下笼着他那双厚底高筒的老牛皮靴子（米场的），为这个爬斗；为那个倒箩筐。（牛羊场的）一面为这个那个拉拢生意，身上让卖主拉一把，又让买主拉一把；一面又要顾全到别的地方因争持时闹出岔子的调排，委实不是好玩的事啊！大概他们声音都略略嚷得有点嘶哑，虽然时时为别人扯到馆子里去润喉。不过，他今天的收入，也就很可以酬他的劳苦了。

…………

因为阴雨，又因为做生意的人各都是在另一个村子里住家，有些还得在散场后走到二三十里路的别个乡村去；有些专靠漂场生意讨吃的还待赶到明天那个场上的生意，所以散场很早。

不到晚炊起时，场上大坪坝似乎又觉得宽大空阔起来了！……再过些时候，除了屠桌下几只大狗在啃嚼残余因分配不平均在那里不顾命的奋斗外，便只有由河下送来的几声清脆篙声了。

归去的人们，也间或有骑着家中打篩的雌马，马项颈下挂着一串小铜铃叮叮当当跑着的，但这是少数；大多数还是赖着两只脚在泥浆里翻来翻去。他们总笑嘻嘻的担着箩筐或背一个大竹背笼，满装上青菜，萝卜，牛肺，牛肝，牛肉，盐，豆腐，猪肠子一类东西。手上提的小竹筒不消说是酒与油。有的拿草绳套着小猪小羊的颈项牵起忙跑；有的肩膊上挂了一个毛蓝布绣有白四季花或“福”字“万”字的褡裢，赶着他新买的牛（褡裢内当然已空）；有的却是口袋满装着钱心中满装着欢喜，——这之间各样人都有。

我们还有机会可以见到许多令人妒羡，赞美，惊奇，又美丽，又娟媚，又天真的青年老奶（苗小组）和阿妍（苗妇人）。

1925年3月20日于窄而霉小斋作

云南看云

沈从文

云南因云而得名。可是外省人到了云南一年半载后，一定会和本地人差不多，对于云南的云，除却只能从它变化上得到一点晴雨知识，就再也不会单纯的来欣赏它的美丽了。看过卢锡麟先生的摄影后，必有许多人方俨然重新觉醒，明白自己是生在云南，或住在云南。云南特点之一，就是天上的云变化得出奇。尤其是傍晚时候，云的颜色，云的形状，云的风度，实在动人。

战争给许多人一种有关生活的教育，走了许多路，过了许多桥，睡了许多床，此外还必然吃了许多想象不到的小苦头。然而真正具有教育意义的，说不定倒是明白许多地方各有各的天气，天气不同还多少影响到一点人事。云有云的地方性：中国北部的云厚重，人也同样那么厚重。南部的云活泼，人也同样那么活泼。海边的云幻异，渤海和南海云又各不相同，正如两处海边的人性情不同。河南的云一片黄，抓一把下来似乎就可以做窝窝头，云粗中有细，人亦粗中有细。湖湘的云一片灰，长年挂在天空一片灰，无性格可言，然而橘子辣子就在这种地方大量产生，在这种天气下成熟，却给湖南人增加了生命的发展性和进取精神。四川的云与湖南云虽相似而不尽相同，巫峡峨眉夹天耸立，高峰把云分割又加浓，云似乎有了生命，人也有了生命。

论色彩丰富，青岛海面的云应当首屈一指。有时五色相渲，千变万化，天空如展开一张图案新奇的锦毯。有时素净纯洁，天空只见一片绿玉，别无它物。看来令人起轻快感、温柔感、音乐感、情欲感。一年中有大半年天空完全是一幅神奇的图画，有青春的嘘息，煽起人狂想和梦想。海市蜃楼即在这种天空显现。海市蜃楼虽并不常在人眼底，却永远在人心中。秦皇汉武的事业，同样结束在一个长生不死青春常在的美梦里，不是毫无道理的。云南的云给人印象大不相同，它的特点是素朴，影响到人性情也应当是挚厚而单纯。

云南的云似乎是用西藏高山的冰雪，和南海长年的热风，两种原料经过一番神奇的手续完成的。色调出奇的单纯，唯其单纯反而见出伟大。尤以天时晴明的黄昏前后，光景异常动人。完全是水墨画，笔调超脱而大胆。天上一角有时黑得如一片漆，它的颜色虽然异样黑，给人感觉竟十分轻。在任何地方“乌云蔽天”照例是个沉重可怕的象征，唯有云南傍晚的黑云，越黑反而越不碍事，且表示第二天天气必然顶好。几年前中国古物运到伦敦展览时，有一个赵松雪作的卷子，名《秋江叠嶂》，净白如玉的澄心堂纸上用浓墨重重涂抹，淡墨粗粗扫拂，给人印象却十分美秀；云南的云也恰恰如此，看来只觉得黑而秀。

可是我们若在黄昏前后，到城郊外一个小丘上去，或坐船在滇池中，看到这种云彩时，低下头来一定会轻轻的叹一口气。具体一点将发生“大好河山”感想，抽象一点将发生“逝者如斯”感想。心中一定觉得有些痛苦，为一片悬在天空中的沉静黑云痛苦。因为这东西给了我们一种无言之教，比目前政论家的文章，宣传家的讲演，杂感家的讽刺文，都高明得多深刻得多，同时还美丽得多。觉得痛苦原因或许也就在此。那么好看的云，孕育了在这一片天底下讨生活的人，究竟是些什么？是一种精深博大的人生理想？还是一种单纯美丽的诗的感情？若把它与地面所见、所闻、所有两相对照，实在使人不能不感觉痛苦！

在这美丽天空下，人事方面，我们每天所能看到的，除了空洞的论文，不通的演讲，小巧的杂感，此外似乎到处就只碰到“法币”。商人和银行办事人直接为法币而忙。最可悲的现象，实无过于大学校的商学院，每到注册上课时，照例人数必最多。这些人其所以习经济、习会计，都可说对于生命毫无高尚理想可言，目的只在毕业后入银行作事。“熙熙攘攘，皆为利往，挤挤挨挨，皆为利来，利之所在，群集若蛆。”社会研究所的专家，机会一来即向银行跑。习图书馆的，弄考古的，学外国文学的，因为亲戚、朋友、同乡……种种机会，又都挤进银行或相近金融机关做办事员。大部分优秀脑子，都给真正的法币和抽象的法币弄得昏昏的，失去了应有的灵敏与弹性，以及对于“生命”较高的认识。其余无知识的脑子，成天打算些什么，也就可想而知了。云南的云即或再美丽一点，对于多数人还似乎毫无意义可言的。

近两个月来本市在连续的警报中，城中二十万市民，无一不早早的就跑到郊外去，向天空把一个颈脖昂酸，无一人不看到过几片天空飘动的浮云，仰望结果，不过增加了许多人对于财富得失的忧心罢了。“我的越币下落了”，“我的汽油上涨了”，“我的事业这一年发了五十万财”，“我从公家赚了八万三”，这还是就仅有十几个熟人中说说的。此外说不定还有三五个教授之流，终日除玩牌外无其他娱乐，会想到前一晚上玩麻雀牌输赢事情，聊以解嘲似的自言自语，“我输牌不输理。”这种博学多闻教授先生，当然永远是不输理的，在警报解除以后，还不妨跑到老同学住处去，再玩个八圈，证明一下输的究竟是什么。一个人若乐意在地下爬，以为是活下来最好的姿势，他人劝说不妨试站起来走，或更盼望他挺起脊梁来做个人，当然是不会有什么结果的。

就在这么一个社会一种情形中，卢先生却来展览他在云南的照相，告诉我们云南法币以外还有些什么。即以天空的云彩言，色彩单纯的云有多健美、多飘逸、多温柔、多崇高！观众人数多，批评好，正说明只要有人会看云，就从云影中取得一种诗的感兴和热情，还可望将这种尊贵有传染性的感情，转给另外一种人。换言之，就是云南的云即或不能直接教育人，还可望由一个艺术家的心与手，间接来教育人。卢先生照相的兴趣，似乎就在介绍这种美丽感印给多数人，所以作品中对于云物的题材，处理得特别好。每一幅云都有一种不同的性情，流动的美。不纤巧，不做作，不过分修饰，一任自然，心手相印，表现得素朴而亲切。作品成功是必然的，可是得到“赞美”不是艺术家最终的目的，应当还有一点更深的意义。我意思是如果一种可怕的庸俗实际主义，正在这个社会各组织各阶层间普遍流行，腐蚀我们多数人做人的良心，做人的理想。且在同时把许多人都有形无形市侩化。社会中优秀分子一部分，所梦想，所希望，也都只是糊口混日子了事，毫无一种较高的情感，更缺少用这情感去追求一个美丽而伟大的道德原则的勇气时，我们这个民族应当怎么办？若大学生读书目的，不是站在柜台边作行员，就是坐在公事房作办事员，脑子都不用，都不想，只要有一碗饭吃就算有了出路。甚至于做政论的，做讲演的，写不高明讽刺文的，习理工的，玩玩文学充文化人的，办党的，信教的，…… 出路也都是只顾眼前。大众眼前固然都有了出路，这个国家的明天，是不是还有希望可言？我们如真能够像卢先生那么静观默会天空的云彩，云物的美丽，也许会慢慢的陶冶我们，启发我们，改造我们，使我们习惯于向远景凝眸，不敢堕落，不甘心堕落。我以为这才像是一个艺术家最后的目的。正因为这个民族是在求发展，求生存，战争了已经三年。战争虽败北，不气馁，虽死亡万千人民，牺牲无数财富，亦仍然能坚持抗战，就为的是这战争背后还有个庄严伟大的理想，使我们对于忧患之来，在任何情形下都能忍受。我们其所以能忍受，不特是我们要发展，要生存，还要为后来者设想，使他们活在这片土地上，更好一点，更像人一点！我们责任那么严重而且又那么困难，所以不特多数知识分子必然要有一个较坚朴的人生观，拉之向上，推之向前，就是作生意的，也少不了需要那么一分知识，方能够把企业的发展与国家的发展，放在同一目标上，分道并进，异途同归。

举一个浅近的例来说说：我们的眼光注意到“出路”“赚钱”以外，若还能够估量到在滇越铁路的另一端，正有多少鬼蜮成性阴险狡诈的木屐儿，圆睁两只鼠眼，安排种种巧计阴谋，在武力与武器无作用地点，预备把劣货倾销到昆明来，且把推销劣货的责任，要派给昆明市的大小商家时，就知道学习注意远处，实在是目前一件如何重要的事情！照相必选择地点，取准角度，方可望有较好成就。做人何尝不是一样。明分际，识大体，“有所不为”，敌人虽花样再多，劣货在有经验商家的眼中，总依然看得出。取舍之间是极容易的。若只图发财，见利忘义，“无所不为”，日本货变成国货，改头换面，不过是翻手间事！劣货推销仅仅是若干有形事件中之一种。此外各层知识阶级中不争气处，所作所为，实有更甚于此者。

所以我觉得卢先生的摄影，不只是给人看看，还应当引人深思。

1940年昆明

一个戴水獭皮帽子的朋友

——沈从文

我由武陵（常德）过桃源时，坐在一辆新式黄色公共汽车上。车从很平坦的沿河大堤公路上奔驰而去，我身边还坐定了一个懂人情有趣味的老朋友，这老友正特意从武陵县伴我过桃源县。他也可以说是一个“渔人”，因为他的头上，戴的是一顶价值四十八元的水獭皮帽子，这顶帽子经过沿路地方时，却很能引起一些年轻娘儿们注意的。这老友是武陵地域中心春申君墓旁杰云旅馆的主人。常德、河洑、周溪、桃源，沿河近百里路以内“吃四方饭”的标致娘儿们，他无一不特别熟习；许多娘儿们也就特别熟习他那顶水獭皮帽子。但照他自已说，使他迷路的那点年龄业已过去了，如今一切已满不在乎，白脸长眉毛的女孩子再不使他心跳，水獭皮帽子，也并不需要娘儿们眼睛放光了。他今年还只三十五岁。十年前，在这一带地方凡有他撒野机会时，他从不放过那点机会。现在既已规规矩矩做了一个大旅馆的大老板，童心业已失去，就再也不胡闹了。当他二十五岁左右时，大约就有四十左右女人净白的胸膛被他亲近过。我坐在这样一个朋友的身边，想起国内无数中学生，在国文班上很认真的读陶靖节《桃花源记》情形，真觉得十分好笑。同这样一个朋友坐了汽车到桃源去，似乎太幽默了。

朋友还是个爱玩字画也爱说野话的人。从汽车眺望平堤远处，薄雾里错落有致的平田、房子、树木，全如敷了一层蓝灰，一切极爽心悦目。汽车在大堤上跑去，又极平稳舒服。朋友口中糅合了雅兴与俗趣，带点儿惊讶嚷道：

“这野杂种的景致，简直是画！”

“自然是画！可是是谁的画？”我说。“牯子大哥，你以为是谁的画？”我意思正想考问一下，看看我那朋友对于中国画一方面的知识。

他笑了。“沈石田这狗养的，强盗一样好大胆的手笔！”说时还用手比划着，这里一笔，那边一扫，再来磨磨蹭蹭，十来下，成了。

我自然不能同意这种赞美，因为朋友家中正收藏了一个沈周手卷，姓名真，画笔并不佳，出处是极可怀疑的。说句老实话，当前从窗口入目的一切，潇洒秀丽中带点雄浑苍莽气概，还得另外找寻一句恰当的比拟，方能相称啊。我在沉默中的意见，似乎被他看明白了，他就说：

“看，牯子老弟你看，这点山头，这点树，那一片林梢，那一抹轻雾，真只有王麓台那野狗干的画得出。因为他自己活到八九十岁，就真像只老狗。”

这一下可被他“猜”中了。我说：

“这一下可被你说中了。我正以为目前远远近近风物极和王麓台卷子相近；你有他的扇面，一定看得出。因为它很巧妙的混合了秀气与沉郁，又典雅，又恬静，又不做作。不过有时笔不免脏脏的。”

“好，有的是你这文章魁首形容！人老了，不大肯洗脸洗手，怎么不脏……”接着他就使用了一大串野蛮字眼儿，把我喊作小公牛，且把他自己水獭皮帽子向上翻起的封耳，拉下来遮盖了那两只冻得通红的耳朵，于是大笑起来了。仿佛第一次听说的话，本不过是为了引起我对于窗外景致注意而说，如今见我业已注意，充满兴趣的看车窗外离奇景色，他便很快乐的笑了。

他掣着我的肩膊很猛烈的摇了两下，我明白那是他极高兴的表示。我说：

“牯子大哥，你怎么不学画呢？你一动手，就会弄得很高明的！”

“我讲，牯子老弟，别丢我吧。我也像是一个仇十洲，但是只会画妇人的肚皮，真像你说，‘弄得很高明’的！你难道不知道我是个什么人吗？鼻子一抹灰，能冒充绣衣哥吗？”

“你是个妙人。绝顶的妙人。”

“绣衣哥，得了，甚么庙人，寺人，谁来割我的××？我还预备割掉许多男人的××，省得他们装模作样，在妇人面前露脸！我讨厌他们那种样子！”

“你不讨厌的。”

“牯子老弟，有的是你这绣衣哥说的。不看你面上，我一定要……”

这个朋友言语行为皆粗中有细，且带点儿妩媚，可算得是个妙人！

这个人脸上不疤不麻，身个儿比平常人略长一点，肩膊宽宽的，且有两只体面干净的大手，初初一看，可以知道他是个军队中吃粮子上饭跑四方人物，但也可以说他是一个准绅士。从五岁起就欢喜同人打架，为一点儿小事，不管对面的一个大过他多少，也一面辱骂一面挥拳打去。不是打得人鼻青脸肿，就是被人打得满脸血污。但人长大到二十岁后，虽在男子面前还常常挥拳比武，在女人面前，却变得异常温柔起来，样子显得很懂事怕事。到了三十岁，处世便更谦和了，生平书读得虽不多，却善于用书，在一种近于奇迹的情形中，这人无师自通，写信办公事时，笔下都很可观。为人性情又随和又不马虎，一切看人来，在他认为是好朋友的，掏出心子不算回事；可是遇着另外一种老想占他一点儿便宜的人呢，就完全不同了。——也就因此在一般人中他的毁誉是平分的；有人称他为豪杰，也有人叫他做坏蛋。但不妨事，把两种性格两个人格拼合拢来，这人才真是一个活鲜鲜的人！

十三年前我同他在一只装军服的船上，向沅水上游开去，船当天从常德开头，泊到周溪时，天气已快要夜了。那时空中正落着雪子，天气很冷，船顶船舷都结了冰。他为的是惦念到岸上一个长眉毛白脸庞小女人，便穿了崭新绛色缎子的猞猁皮马褂，从那为冰雪冻结了的大小木筏上慢慢的爬过去，一不小心便落了水。一面大声嚷“牯子老弟，这下我可完了”，一面还是笑着挣扎。待到努力从水中挣扎上船时，全身早已为冰冷的水弄湿了。但他换了一件新棉军服外套后，却依然很高兴的从木筏上爬拢岸边。到他心中惦念那个女人身边睡觉去了。三年前，我因送一个朋友的孤雏转回湘西时，就在他旅馆中，看了他的藏画一整天。他告我，有幅文徵明的山水，好得很，终于被一个小婊子婆娘攫走，十分可惜。到后一问，才知道原来他把那画卖了三百块钱，为一个小娼妇点蜡烛挂了一次衣。现在我又让那个接客的把行李搬到这旅馆中来了。

见面时我喊他：

“牯子大哥，我又来了，不认识我了吧。”

他正站在旅馆天井中分派用人抹玻璃，自已却用手抹着那顶绒头极厚的水獭皮帽子，一见到我就赶过来用两只手同我握手，握得我手指酸痛，大声说道：“咳，咳，你这个小骚牯子又来了，什么风吹来的？妙极了，使人正想死你！”

“什么话，近来心里闲得想到北京城老朋友头上来了吗？”

“什么画，壁上挂——当天赌咒，天知道，我正如何念你！”

这自然是一句真话，粮子上出身的人物，对好朋友说谎，原看成为一种罪恶。他想念我，只因为他新近花了四十块钱，买得一本倪元璐所摹写的《武侯前后出师表》。他既不知道这东西是从岳飞石刻出师表临来的，末尾那两颗巴掌大的朱红印记，把他更弄糊涂了。照外行人说来，字既然写得极其“飞舞”，四百也不觉得太贵，他可不明白那个东西应有的价值，又不明出处。花了那一笔钱，从一个川军退伍军官处把它弄到手，因此想着我来了。于是我们一面说点十年前的有趣野话，一面就到他的房中欣赏宝物去了。

这朋友年轻时，是个绿营中正标守兵名分的巡防军，派过中营衙门办事，在花园中栽花养金鱼。后来改做了军营里的庶务，又做过两次军需，又做过一次参谋。时间使一些英雄美人成尘成土，把一些傻瓜坏蛋变得又富又阔；同样的，到这样一个地方，我这个朋友，在一堆倏然而来悠然而逝的日子中，也就做了武陵县一家最清洁安静的旅馆主人，且同时成为爱好古玩字画的“风雅”人了。他既收买了数量可观的字画，还有好些铜器与瓷器，收藏的物件泥沙杂下，并不如何稀罕，但在那么一个小小地方，在他那种经济情形下，能力却可以说尽够人敬服了。若有什么风雅人由北方或由福建广东，想过桃源去看看，从武陵过身时，能泰然坦然把行李搬进他那个旅馆去。到了那个地方，看看过厅上的芦雁屏条，同长案上一切陈设，便会明白宾主之间实有同好，这一来，凡事皆好说了。

还有那向湘西上行过川黔考察方言歌谣的先生们，到武陵时最好就是到这个旅馆来下榻。我还不曾遇见过什么学者，比这个朋友更能明白中国格言谚语的用处。他说话全是活的，即便是诨话野话，也莫不各有出处，言之成章。而且妙趣百出，庄谐杂陈。他那言语比喻丰富处，真像是大河流水，永无穷尽。在那旅馆中住下，一面听他詈骂用人，一面使我就想起在北京城圈里编《国语大辞典》的诸先生，为一句话一个字的用处，把《水浒》《金瓶梅》《红楼梦》……以及其他所有元明清杂剧小说翻来翻去，剪破了多少书籍！若果他们能够来到这旅馆里，故意在天井中撒一泡尿，或装作无心的样子，把些瓜果皮壳脏东西从窗口照习惯随意抛出去，或索性当着这旅馆老板面前，作点不守规矩缺少理性的行为。好，等着你就听听那作老板的骂出希奇古怪字眼儿，你会觉得原来这里还搁下了一本活生生大辞典！倘若有个经济社会调查团，想从湘西弄到点材料，这旅馆也是最好下榻的处所。因为辰河沿岸码头的税收、烟价、妓女、以及桐油、朱砂的出处行价，各个码头上管事的头目姓名脾气，他知道的也似乎比别的县衙门里"包打听"还更清楚。他事情懂得多哩，只要想想，人还只在二十五岁左右，就有四十个青年妇人在他面前裸露过胸膛同心子，从一个普通读书人看来，这是一种如何丰富吓人的经验！

只因我已十多年不再到这条河上，一切皆极生疏了，他便特别热心答应伴送我过桃源，为我租雇小船，照料一切。

十二点钟我们从武陵动身，一点半钟左右，汽车就到了桃源县停车站。我们下了车，预备去看船时，几件行李成为极麻烦的问题了。老朋友说，若把行李带去，到码头边叫小划子时，那些吃水上饭的人，会“以逸待劳”，把价钱放在一个高点上，使我们无法对付的。若把行李寄放到另外一个地方，空手去看船，我们便又“以逸待劳”了。我信任了老朋友的主张，照他的意思，一到桃源站后，我们就把行李送到一个卖酒曲的人家去。到了那酒曲铺子，拿烟的是个四十岁左右的中年胖妇人，他的干亲家。倒茶的是个十五六岁的白脸长身头发黑亮亮的女孩子，腰身小，嘴唇小，眼目清明如两粒水晶球儿，见人只是转个不停。论辈数，说是干女儿呢。坐了一阵，两人方离开那人家洒着手下河边去。在河街上一个旧书铺，一帧无名氏的山水小景牵引了他的眼睛，二十块钱把画买定了。再到河边去看船。船上人知道我是那个大老板的熟人，价钱倒很容易说妥了。来回去让船总写保单，取行李，一切安排就绪，时间已快到半夜了。我那小船明天一早方能开头，我就邀他在船上住一夜。他却说酒曲铺子那个十五年前老伴的女儿，正炖了一只母鸡等着他去宵夜。点了一段废缆子，很快乐的跳上岸摇着晃着匆匆走去了。

他上岸从一些吊脚楼柱下转入河街时，我还听到河街一哨兵喊口号，他大声答着“百姓”，表明他的身份。第二天天刚发白，我还没醒，小船就已向上游开动了。大约已经走了三里路，却听得岸上有个人喊我的名字，沿岸追来，原来是他从热被里脱出赶来送我的行的。船傍了岸。天落着雪，他站在船头一面抖去肩上雪片，一面质问弄船人，为甚么船开得那么早。

我说:“牯子大哥,你怎么的,天气冷得很,大清早还赶来送我!”

他钻进舱里笑着轻轻的向我说:“牯子老弟,我们看好了的那幅画,我不想买了。我昨晚上还看过更好的一本册页!”

“什么人画的?”

“当然仇十洲。我怕仇十洲那杂种也画不出。牯子老弟,好得很……”话不说完他就大笑起来。我明白他话中所指了。

“你又迷路了吗?你不是说自己年已老了吗?”

“到了桃源还不迷路吗?自己虽老别人可年轻!牯子老弟,你好好的上船吧,不要胡思乱想我的事情,回来时仍住到我的旅馆里,让我再照料你上车吧。”

“一路复兴,一路复兴,”那么嚷着,于是,他同豹子一样,一纵又上了岸,船就开了。

作于1934年

街

沈从文

有个小小的城镇，有一条寂寞的长街。

那里住下许多人家，却没有一个成年的男子。因为那里出了一个土匪，所有男子便都被人带到一个很远很远的地方去，永远不再回来了。他们是五个十个用绳子编成一连，背后一个人用白木梃子敲打他们的腿，赶到别处去作军队上搬运军火的伕子的。他们为了“国家”应当忘了“妻子”。

大清早，各个人家从梦里醒转来了。各个人家开了门，各个人家的门里，皆飞出一群鸡，跑出一些小猪，随后男女小孩子出来站在门限上撒尿，或蹲到门前撒尿，随后便是一个妇人，提了小小的木桶，到街市尽头去提水。有狗的人家，狗皆跟着主人身前身后摇着尾巴，也时时刻刻照规矩在人家墙基上抬起一只腿撒尿，又赶忙追到主人前面去。这长街早上并不寂寞。

当白日照到这长街时，这一条街静静的像在午睡，甚么地方柳树桐树上有新蝉单纯而又倦人的声音，许多小小的屋里，湿而发霉的土地上，头发干枯脸儿瘦弱的孩子们，皆蹲在土地上或伏在母亲身边睡着了。作母亲的全按照一个地方的风气，当街坐下，织男子们束腰用的板带过日子。用小小的木制手机，固定在房角一柱上，伸出憔悴的手来，敏捷地把手中犬骨线板压着手机的一端，退着粗粗的棉线，一面用一个棕叶刷子为孩子们拂着蚊蚋，带子成了，便用剪子修理那些边沿，等候每五天来一次的行贩，照行贩所定的价钱，把已成的带子收去。

许多人家门对着门，白日里，日头的影子正正的照到街心不动时，街上半天还无一个人过身。每一个低低的屋檐下人家里的妇人，各低下头来赶着自己的工作，做倦了，抬起头来，用疲倦忧愁的眼睛，张望到对街的一个铺子，或见到一条悬挂到屋檐下的带样，换了新的一条，便仿佛奇异的神气，轻轻的叹着气，用犬骨板击打自己的下颌，因为她一定想起一些事情，记忆到由另一个大城里来的收货人的买卖了。她一定还想到另外一些事情。

有时这些妇人把工作停顿下来，遥遥的谈着一切。最小的孩子饿哭了，就拉开衣的前襟，抓出枯瘪的乳头，塞到那些小小的口里去。她们谈着手边的工作，谈着带子的价钱和棉纱的价钱，谈到麦子和盐，谈到鸡的发瘟，猪的发瘟。

街上也常常有穿了红绸子大裤过身的女人，脸上抹胭脂擦粉，小小的髻子，光光的头发，都说明这是一个新娘子。到这时，小孩子便大声喊着看新娘子，大家完全把工作放下，站到门前望着，望到看不见这新娘子的背影时才重重的换了一次呼吸，回到自己的工作凳子上去。

街上有时有一只狗追一只鸡，便可以看见到一个妇人持了一长长的竹子打狗的事情，使所有的孩子们都觉得好笑。长街在日里也仍然不寂寞。

街上有时什么人来信了；许多妇人皆争着跑出去，看看是什么人从什么地方寄来的。她们将听那些识字的人，念信内说到的一切。小孩子们同狗，也常常凑热闹，追随到那个人的家里去，那个人家便不同了。但信中有时却说到一个人死了的这类事，于是主人便哭了。于是一切不相干的人，围聚在门前，过一会，又即刻走散了。这妇人，伏在堂屋里哭泣，另外一些妇人便代为照料孩子，买豆腐、买酒、买纸钱，于是不久大家都知道那家男人已死掉了。

街上到黄昏时节，常常有妇人手中拿了小小的管箩，放了一些米，一个蛋，低低地喊出了一个人的名字，慢慢的从街这端走到另一端去。这是为不让小孩子夜哭发热，使他在家中安静的一种方法，这方法，同时也就娱乐到一切坐到门边的小孩子。长街上这时节也不寂寞的。

黄昏里，街上各处飞着小小的蝙蝠。望到天上的云，同归巢还家的老鸹，背了小孩子们到门前站定了的女人们，一面摇动背上的孩子，一面总轻轻地唱着忧郁凄凉的歌，娱悦到心上的寂寞。

“爸爸晚上回来了，回来了，因为老鸹一到晚上也回来了！”

远处山上全紫了，土城擂鼓起更了，低低的屋里，有小小油灯的光，为画出屋中的一切轮廓，听到筷子的声音，听到碗盏磕碰的声音……但忽然间小孩子又哇地哭了。

爸爸没有回来。有些爸爸早已不在这世界上了，但并没有信来。有些临死时还忘不了家中的一切，便托了便人带了信回来。得到信息哭了一整夜的妇人，到晚上便把纸钱放在门前焚烧。红红的火光照到街上下人家的屋檐，照到各个人家的大门。见到这火光的孩子们，也照例十分欢喜。长街这时节也并不寂寞的。

阴雨天的夜里，天上漆黑，街头无一个街灯，狼在土城外山嘴上嗥着，用鼻子贴近地面，如一个人的哭泣，地面仿佛浮动在这奇怪的声音里。甚么人家的孩子在梦里醒来，吓哭了，母亲便说：“莫哭，狼来了，谁哭谁就被狼吃掉。”

卧在土城高处木棚里老而残废的人，打着梆子。这里的人不须明白一个夜里有多少更次，且不必明白半夜里醒来甚么时候。那梆子声音，只是告给长街上人家，狼已爬进土城到长街，要他们小心一点门户。

一到阴雨的夜里，这长街更不寂寞，因为狼的争斗，使全街热闹了许多。冬天若夜里落了雪，则早早地起身的人，开了门，便可看到狼的脚迹，同糍粑一样印在雪里。

1931年5月10日作